JN125585

文藝春秋

UMAI-DAZS

Contents

装幀　石川絢士［the GARDEN］
石川早希［sunrise garden］
落合健人［sunrise garden］

うまいダッツ

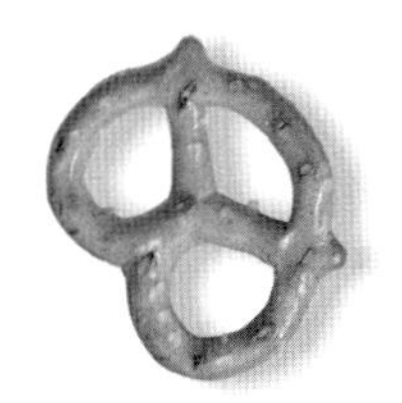

うまいダッツ

うまい棒一本で、世界の秘密がわかるらしい。

そんな噂がクラスで流れたのは、年明け早々のことだった。

「なんだそれ」

俺がたずねると、前の席に座っていたコウが窓際のグループを指差す。

「って、あいつらが」

「うまい棒って十円くらいだろ。世界の秘密も安いもんだな」

俺の言葉に、コウは「いやいや」と答えた。

「希望小売価格はな。スーパーやディスカウントショップで買えばもっと安い」

コウは、こういうところがめっちゃ細かい。細かすぎてどうかと思うこともあるけど、それをこっちには押しつけてこないので、俺的にはつきあいやすい。

「アラタ、気になるだろ」

「つか、なんでうまい棒なんだよ」

作り話にしたって、雑すぎじゃね。俺の言葉に、コウは笑った。

「だよな。世界の秘密がわかるならもっとこう、特別な感じが欲しいよな。レアな味とか、製造年月日がゾロ目とか」

「うまい棒は、どうやったってうまい棒レベルじゃねえの」

「だな」

俺たちが笑っていると、窓際にいたうちの一人がこっちに来た。

「笑ってんじゃん」

違うグループだけど、中学で同じクラスだったことのある奴だ。

「悪い。でも笑うだろ」

「だよな。俺も最初は爆笑してた。でもな、あれ、マジなんだよ」

「は?」

俺は思わず、そいつの顔を二度見する。ふざけた表情はしていない。

「俺もさ、会ったんだよ。おっさんに」

「おっさん?」

「そう。見た目はホームレスっぽいおっさん。そいつが予言者」

世界の秘密じゃなかったのか。コウの言葉に、そいつはうなずく。

「どっちも合ってる。世界の秘密を聞いたのは隣の校区の奴で、俺は未来について聞いた」

「マジか？　で、どんな未来をたずねたんだ？　あってたのか？」

コウが急に身を乗り出してきた。なんのワードに引っかかったんだよ。

「それは――」

そいつは言葉を切ると、ふっとため息をつく。

「教えられない」

「なんだそれ」

「人に喋ると、効果がなくなるらしい。もう過ぎたことなら言えるけど、俺のはまだこれからのことだから」

「それじゃ、当たってたかどうかわかんないってことか」

コウががっかりしたような声を上げる。

「ただ、俺に関して言えば、たぶん合ってる。だから俺はあのおっさんを信じる」

こいつ、なんか怪しい勧誘とかに引っかかったんじゃないだろうな。悪いけど、そう思ってしまうくらいには変な話だ。

「で、ポイントはこれ」

目の前に人差し指を出される。

「――指？」

「一人一回一つだけ」

そのおっさんに、うまい棒を渡すとなんでも一つだけ答えてくれる。ただしチャンスは一人につき一回だけ。二回はないそうだ。

「うまい棒一本につき一回、じゃなくて?」

「ああ。奇跡は、一人一回限定なんだって」

なんかますます怪しくなってきたな。ちらりと隣を見ると、コウも同じことを思ったのか、
口の端が笑いをこらえている。けれど目の前の相手は真剣そのものだった。

「バカみたいだって思うだろ? 俺だってそうだったよ。だから質問も真剣に考えなかった。

それでめっちゃ後悔した。お前らも、もし行くなら質問はちゃんと考えておけよ」

「ああ――うん」

ものすごく真面目に忠告されて、正直ちょっと引いた。いや、気持ちはありがたいと思うけ
ど。


その日はそれで終わった。でも翌日に、また別の奴から同じ話を聞かされた。

「――なんなんだ、これ」

流行りすぎかよ。俺がつぶやくと、コウが首をかしげる。

「でもわかんないんだよな」

「どこが?」

「この噂、女子はほとんどしてないだろ」

言われてみれば。俺は教室のあちこちで固まって喋っている女子の集団を眺めた。占いとか

好きそうだし、むしろ俺らよりもこのネタに食いつきそうなのに、誰もそんな話はしていない。隠してるとかそういうんじゃなくて、隣で男子がその話をしていても、興味がなさそうなのだ。

「ホームレスっぽいおっさんってとこが、ダメなのかな」

「かもな。それかうまい棒の問題か」

イケメンでキャンディとかチョコだったら、よかったりして。俺の言葉にコウが笑うと、その頭上にノートがぱしんと落ちてきた。

「お前それセクハラだから」

ノートを振り下ろしていたのは、タキタ。俺たちと同じ部活に入っている女子だ。

「いてえし。セクハラはごめんだけど」

「コウもアラタも、知らないんでしょ。世界の秘密の答え」

「なに。タキタ知ってんの」

教えてくれよ。そう言うと、今度は俺の頭に重い衝撃が走る。

「そんなの、言えるわけないでしょ！」

振り返ると、タキタの友達のセラが仁王立ちしていた。セラは俺たちよりもでかいから、軽く叩かれても結構痛い。ちなみにこっちも部活仲間だ。

「知らないんでしょって言われて、言えないって言われるの、矛盾してるよ」

コウが冷静に言うと、セラは「あー、ごめん」と謝った。

「だってさ、あれ下ネタなんだよ」

「え？」

「世界の秘密を知りたいって言った男子に、おっさんはエロい本を見せただけなんだって」

なんだそれ。

「バッカみたいでしょ。だから女子はほぼスルーしてるわけ」

「ああ、なるほど」

それを聞いたら、俺だって聞きに行こうとは思わなくなる。そう考えたところで、コウが時計を見て立ち上がる。

「行こう。部活の時間だ」

*

うちの高校は、生徒全員が必ず何かの部に所属しないといけない。そう聞くとものすごく厳しくて面倒臭そうに思うだろう。けど、実態は違う。「何もしたくない人」用に、適当な名前の部がいくつかあるのだ。たとえば『ゲーム部』はその名の通りゲームをするだけで（ただしアナログのみ）、『マンガ部』は描いてもいいが読むだけでもいい。

とはいえさすがにそれぞれの部活に人数制限があるので、全員がこういった部に入れるわけじゃない。そこで俺は抽選で落ちそうなところを避け、でも何もしなくてよさそうな部活を選んだ。それがここ、『喫茶部』だ。コウと出会ったのもここ。ちなみにコウは重度の鉄オタだけど、『鉄道研究会』がなかったから適当に部を決めたらしい。

喫茶部が茶道部や料理部と何が違うかというと、「するべきことが決まっていない」に尽きる。部員はカフェ巡りの本を読んでもいいし、焼き菓子の研究をしてもいい。

「にしても、おやつ食べるだけってどうなの」

セラは俺の開けたキャベツ太郎に手を伸ばしながら言った。しゃくしゃくで油っぽくて甘酸っぱくて、口の中がきゅっとする。

「俺たちは『駄菓子研究』中なんだよ。食うなって」

「しかしキャベツのかけらも入ってないのはどういうことなんだ」

コウは首をかしげながら袋の裏側を眺める。コウは成分表でも説明書でもなんでも読む。有名な登山家の台詞じゃないけど、そこに字があれば読んでしまう。

「あれ。『株式会社やおきん』ってどこかで見たな――」

「駄菓子の製造元まで覚えてるのかよ」

ついでに読んだものはほぼ記憶。そのせいでコウの雑学の知識は半端ない。

「いや、なんかちょっと前にどこかで見た気がして」

首をかしげるコウの背後から、先輩が声をかける。

「やおきんって、うまい棒作ってる会社だよ」

「ああ、それで」

俺がうなずくと同時に、今度はタキタが一つつまんでゆく。

「だから、食うなって」

「で、どうなの。あんたはおっさんに会いに行くの？」

どきりとした。やっぱり見透かされている。

「別に。決めてないけど」

コウが鉄オタなら、俺はネットミームや都市伝説系が好きなライトオカルト野郎だ。ちなみに当然のごとく、高校に『オカルト研究会』は存在しない。

だからまあ、わかりやすくこのネタには惹かれていたんだけど。

（でも、すぐに食いつくのもなんか悔しいっていうか）

流行り物に乗っかった感があるよな。心の中でそんなことをつぶやいていると、コウが「アラタ、週末に行こう」と声をあげた。

「うわ。下ネタ聞きに行きたいわけ」

タキタが盛大に顔をしかめる。こいつって黙ってれば普通なのに、表情がいちいち大げさでマンガっぽいから、なんか女子っぽく感じない。

「いや、下ネタっていうより俺、聞きたいことあるんだよね」

コウの言葉に、セラが首をかしげる。

「信じてるの？」

「わからないけど、十円で聞けるなら聞いてみたいって感じ」

「ああ、そういう感じはわかるわ」

二個目のキャベツ太郎を口に放り込みながら、セラがうなずく。

「うーん、やっぱこれは鉄板だなあ」

ソースって優勝だよねえ。そう言って笑うセラを見ていると、俺はなんとなく気の抜けたような気持ちになる。

(なんでセラは、ここを選んだんだろう)

タキタとつるんでるけど、元々友達だったわけじゃない。コウと俺のように、二人は喫茶部で知り合った。

(――バスケとバレーの勧誘、蹴ったって聞いたけど)

誰がどう見ても、そっちのが向いてそう。体育のときちらっと見たけど、運動神経も良さそうだったし。なのにのほほんと部屋で菓子を食ってる。その隣で、タキタがスマホを出しておかしな声を上げる。どうやら好きな声優のニュースが流れていたらしい。

(こっちは、わかりやすいんだよな……)

タキタはわかりやすいオタク体質で、今は声優に夢中だ。マンガ部に入りたかったけど、抽選に外れて第三希望の喫茶部に流れてきた。

喫茶部の一年生はこの四人。しかも偶然、食べ物の好みが似通っていた。それは、ジャンクなスナック菓子が好きなところ。最初は男女別で机を囲んでいたが、チョイスがあまりに似ていたため、夏休みの頃からは同じ袋菓子を食うようになった。

女子とわざわざ仲良くしようとは思っていなかったけど、タキタとセラはスナックのセンスが絶妙に女子っぽくなかった。駄菓子のポテトフライがかぶったとき、全員が「あーあ」という表情で椅子を寄せたのを覚えている。

部活を言い訳にポテチやコーンスナックをもりもり食べる俺たちを見て、二年生の先輩が笑う。

「お前たちの代は、喫茶部じゃなくて『おやつ部』って感じだな」

ちなみに先輩は昭和レトロな喫茶店を巡るのが趣味で、正しい喫茶部員だ。もちろん二年にも三年にも、俺たちみたいな適当な部員はいる。ただ、ジャンルはまちまち。コンビニスイーツを食べまくったり、喫茶店が出てくるマンガを読んだりする人も。あ、ドリンクバーでブレンド実験をしてるグループにはちょっと惹かれたけど。

＊

おっさんが現れるのは、ショッピングモールのどこかだという。

「なんだそれ」

明るくてファミリー向けで、都市伝説感がなさすぎる。クリスマスの妖精かよ。

「いや、でもこれが結構、難関クエストなわけよ」

例のクラスメートいわく、おっさんは決まった場所にいるわけじゃない。

「フードコートと本屋の確率が高いけど、通路のベンチやトイレ脇の椅子のこともある。スーパーの中を歩いてることもあれば、なぜか雑貨屋でふらふらしてることもある」

うちの近所のショッピングモールは、結構広い。人も多い。その中から、顔を見たこともないおっさんを伝聞の情報だけで探すのか。

「お前、よく会えたな」

「俺はマジで時間かけたから。二週間通い詰めたし」

そこまでか。ていうか俺はそこまでできないな。

「なら、四人で探せば早いんじゃない？」

週末にみんなで行こうよ。そう言ったのはセラ。

「でも、興味ないのにつきあってもらうのは悪いよ」

というコウに、タキタがずいと人差し指を突きつける。

「興味がないわけ、ないじゃん。うちら、リアル都市伝説のタイムライン上にいるんだよ？」

乗っからないと損だって。そう言って、いひひと笑った。

「一応確認。そのおじさん、特徴はあるの？」

セラの質問には、記憶力おばけのコウが答える。

「目印は、黒いニット帽。髪がちょっと長めだけど、汚い感じじゃないそうだ。小柄で体型は太ってても痩せてもない。服はグレーのダウンが多いけど、茶色のコート姿の目撃情報もある」

「へえ。着替えてるんだ。ならホームレスじゃないんだろうね」

タキタの意見に俺はうなずく。

「いろんな店に入ってるし、毎日モールにいても追い出されたりしてないんだから、そういう感じじゃないいんだろうな」

「あー、確かに。酔っ払ってたり言動が怪しいってのもなさそうだね」

だとしたら、タキタとセラを連れて行っても大丈夫かもしれない。これでも一応、ちょっとは心配していたのだ。女子を危ない目に遭わせるわけにはいかないから。


よく考えたら、学校外で二人と会うのは初めてだった。

そのことに気づいたのは、待ち合わせ時間の五分前。モールの一階にある広場でコウを見つけた時だった。

コウの私服は見慣れている。いつもの青いダウンに茶色のパンツで、可もなく不可もない。けど会うなりダウンの前を開いて、得意げに鉄道路線図がプリントされたトレーナーを見せてきた。

「架空の路線図なんだよ。架空の都市の」

面白くない？　そう言われて、俺は苦笑する。

「面白い。けど、絶妙にダサい」

マジか。コウはがっくりと肩を落とすフリをした。でも知ってる。コウは、ダサいとかダサくないとかで生きてないから。

「ダサくても路線図は最の高！」

「だよな。つか俺だって、ほら」

黒いダウンの前を開いて、アメリカの元祖都市伝説本『消えるヒッチハイカー』柄のトレーナーを見せつける。二人してゲラゲラ笑っていると、「何やってんの」と声をかけられた。タキタとセラだった。

「えー……と」

学校とは違う雰囲気。コウと俺は、つかの間言葉を失う。

くっそだせえ。


セラはどかんとしたダッフルにダボついたパンツで、髪の毛がなければ性別不明の「でかい奴」感がすごいし、タキタは好きなアニメキャラのプリントされたブラウスや缶バッジがついたバッグが目に痛すぎてつらい。

(——なんか、思ってたのと違った)

青春系のマンガだと、こういうときは相手が普段とは違って可愛くてドキドキ、みたいな流れになるはず。なのにこっちは、違う意味でドキドキする。

(だってこいつら、セットで見ると怪しすぎる)

ぬぼーんと立ってるだけで圧迫感のあるセラと、目がチカチカするほどの柄にまみれたタキタ。組み合わせの妙とはこのことか。

そこで俺は、自分の中の紳士を総動員する。

「あー……今日はお日柄もよく」

「なに言ってんの」

「まあ、おっさん探しにつきあってもらってありがとうってことで」

「楽しそうだからいいよー」

セラがのほほんと笑いつつ、信じられない言葉を口にした。

「ていうかコウとアラタ、インナーがダサくて笑えるねー」

「はあっ？」

お前がそれを言うのか。しかも隣でタキタはうなずいてるし。

「え。そっちだってすごいダサいじゃん」

空気を読まない男ことコウが、さらりと言った。すげえ。

「えー？　だってこれ、動きやすくてあったかいんだよ」

自宅のリビングにいるような雰囲気で、セラが手足をぶんぶん振り回す。いやだからそれ、当たりそうで怖いから。

「――ダサいのなんか、わかってるよ」

タキタがちょっと真面目な声を出す。ほらやっぱ気にしてんじゃん。そう思った次の瞬間、タキタは特撮ヒーローのようなポーズで叫んだ。

「だって痛ファッションとおしゃれは両立しないからね！　だが俺は！　己の心の声に従うっ！」

いや一人称、「俺」になってるし。

ショッピングモールは二階建て。屋上と地下駐車場もあるけど、そこでの目撃情報はないから除外した。

「寒いもんね。おじさんだってあったかいからモールに来てるんだと思うよ？」

セラの言葉に、全員がうなずく。

「じゃあ、どうする？　一階と二階で分かれる？」

タキタの意見に、コウが答える。

「まず、店内の案内図を見よう」

「コウ、自分が見たくて言ってない？」

タキタがからかったものの、やはり案内図は見るべきだった。なぜならそれぞれのフロアで、店のジャンルにばらつきがあったからだ。

「一階は服が多いな」

「二階には飲食が多いね。あと本屋さんとゲーセン」

コーヒーショップと雑貨屋は、それぞれの階に数店舗入っている。

「おっさんが絶対入らない店ってあるのかな？」

セラの質問に、俺は答えた。

「たぶんだけど、女子が入る店。洋服とか化粧品とか、その——下着とか？」

「あー、おっさんがいたら通報案件なとこね」

タキタがざっくりとまとめてくれる。

「まあでも、現実的に考えるとおっさんは常識的に動いてる気がするんだよ。もし下着の店に入ったり暴れてたりしたら、このモールを出禁になると思うし、なにより噂はもっと違う形で広まったはずだから」

俺の言葉に、コウがうなずく。

「その流れで考えると、酒も飲んでない気がする。つまり、店側への迷惑行為になるような人物じゃないんだ」

「でもさ、そんな常識的な人が、なんで毎日ここでぶらぶらしてるわけ？」

セラのナチュラルな突っ込みに、俺は口ごもってしまう。

「それはまあ——色々あるだろ。失業中とか、病気療養中とか」

心の病気とかじゃないといいな。俺は頭の中でこっそりつぶやく。

そもそも、予言とか未来予知は誇大妄想をする精神疾患の得意技だ。自分に大いなる力があると信じ込んで、神や王のように振る舞う。新興宗教の教祖みたいな人物がイメージしやすいが、歴史上の重要人物にも多いらしい。

（あと、不安なのは薬だな）

アルコールだったら、外側からでも匂いでわかる。でも薬物でおかしくなってる場合はわからない。ごく普通に振る舞えていても、急に異常行動を起こすかもしれないし。

「とにかく、おっさんが見つかってもすぐに声をかけないようにしよう。まずは四人揃ってからだ。あと、ヤバそうな場合は警備員を呼ぶこと」

「アラタ、司令官っぽいなあ」

セラがふわふわと笑う。

「ちげーし。そしたらまず可能性の高い二階からにするか？」

「んー、一階のが良くない？」

タキタが案内図を指差した。

「一階はさ、大きな出入り口があるじゃん？　そしたら一階を潰してからの方が確実だと思うんだよね。二階からは出られないんだし」

「タキタ、参謀だったかあ」

そしたらコウは情報担当で、あれ？　私は？　首をかしげるセラを見て、タキタはにやりと笑う。

「セラはあれに決まってるじゃん。その身長を生かして――」

するとセラは、ちょっと嫌そうな表情を浮かべて「タキタ」と声を上げた。それを受けてタキタも言葉をすっと引っ込める。

「――生かさないで、食べるのが好きな役。食いしん坊のコック長とか、そんなの」

「いいね、それ。フライドポテト山盛り出すよ」

セラは、身長にコンプレックスがあるのかな。頭の隅に留めておこうと思った。

「さて、じゃあ二手に分かれよう」

コウが案内図の左右に両手を広げる。このモールは、出入り口を中心に翼を広げた鳥のような左右対称の形になっている。

「じゃあおっさんらしき人を見つけたら、ＬＩＮＥするでＯＫ？」

タキタの言葉にコウと俺はうなずいた。

「そしたら女子っぽい店が多いから、うちらが右側ね。一応、そういう店も外側くらいは見とくから」

「了解。おっさんもプレゼント用で怪しまれないような店にはいるかもしれないし、こっちも見るよ」

俺ははやる気持ちを見透かされないように、ふっと息を吐く。

「全員、うまい棒は持ったか？」

おう、と皆が聖剣のようにうまい棒を取り出す。

そうして俺たちは、予言者探しのクエストに出かけた。

＊

正直に言うと今、かなりどきどきしている。だって自分が都市伝説の登場人物になるなんて、思ってもみなかったから。

（いや、まだ都市伝説だと決まったわけじゃない）

予防線的に、俺はずっと現実的なラインの結末を想像し続けている。おっさんはただの暇人で、モールにいるのは失業中か休暇中だから。病気のラインはドラマチックだけど、リアルの場合「聞いちゃいけない」感じになるだろうな。

「黒いニット帽――いそうと思ったけど、案外見当たらないもんだな」

携帯ショップの中を覗き込みながら、コウがつぶやく。

「もし脱いでたら詰むなあ」

俺の言葉に、コウがうなずく。

「だよな。『髪が長め』っていうのもあるけど、ざっくりしすぎだから当てになんないよな。何センチくらい、って教えてほしいよ」

「でもなあ、『肩より五センチ下』とか言われても微妙な気が」

「あー、そっか」

喋りながらも、目は通路の先を探す。そこそこ人は歩いている。でも多いのは家族づれや女子グループで、おっさん単体は少ない。そしてたまに見かけても、ニット帽を被っていない。お菓子と雑貨の店を覗いた後は、チェーン系のカフェで待ち合わせの相手を探すふりをしながら店内を見渡した。

「これ、案外大変かもな」

狭そうに見えても、店内にはかなりの人数がいる。ひとり客に絞って探しても、二十人以上はいるだろう。そしてこのタイプの店が、モールには八店舗ほどある。他にちゃんとしたレストランもあるし、すべてを一人でチェックしようとするのは無理だろう。

「全部探す間に、見終わったどこかの店に入られたりして」

「うわあ、それはやめてほしい！」

コウが小さく悲鳴を上げる。

「一応、最悪のパターンを想定しておかないとな」

終末思想やノストラダムスを履修した俺としては、これは当たり前の考え方ではある。でも実際問題として、歩き損はごめんだ。

「そういう意味では、タキタとセラが来てくれて助かったな」

コウの言葉に俺はうなずく。

次に見えてきたのは、洋服のセレクトショップ。おしゃれだけど、こういう店って男性ものも女性ものも売ってるから微妙だ。俺一人だったら、ビビって絶対入れない。それはコウも同じだったようで、俺の方を振り返ると「ここ、行っとく方がいいかな」と聞いてきた。

俺は「一応、覗くか」と答える。けど店内へ入るのに一歩が踏み出せず、なんとなくディスプレイを眺めてしまう。するとそんな俺たちの前に、中から見覚えのある人物が出てきた。

「あれっ？　アラタとコウじゃん。偶然」

隣のクラスの、顔なじみの奴だった。

「おう」

片手を上げて応えながら、心の中で思う。

(こいつ、セレクトショップとか入る奴だったんだ)

案外センス良かったりする？　なんて考えた瞬間、そいつの後ろからもう一人出てきた。

「何やってんだよー、ってあれ？」

こっちも隣のクラスの奴。

なんとなく二人の服を見る。顔なじみの方はチノパンっぽいのに無地のダウンで、後から出てきた奴はシャカパンにやっぱり無地のダウン。俺らと一緒で、量産型のダサさがすごい。

(てことは、まさか——)

ものすごく嫌な予感がした。

「もしかしてあれ？　お前たちもおっさん探してんの？」

言う前に、向こうから言われた。

「まあ——うん、ちょっと見てみたくて」

「そうなんだ。俺はさ、めっちゃ聞きたいことあるんだよね。だから悪いけど、今日はもらうぞ」

「は？」

「え？　お前、知らないの？　おっさんの予言は、一日一回らしいぞ」

マジかよ。

よく考えたら、これだけ盛り上がってる噂なんだからライバルがいて当然だ。

しかも、一日一回って。

「……たぶんだけど、あいつらだけじゃないよな」

俺がつぶやくと、コウが「だな」と答える。

「一応、タキタとセラにＬＩＮＥしとくわ」

すると、光の速さでスタンプが押された。見ると、謎のキャラが『ガーン』とショックを受けている。

「どうする？」

コウに聞かれて、悩んだ。ここでやめてもいい。でもなんとなく、やめたくない気がした。

「とりあえず、おっさんは見つけたい」

「そうだな。すべての情報が不確定なんだし、会ってみないとわからないよな」

俺はうなずくと、『クエスト続行で頼む』と打ち込む。するとまた、光の速さで『ＯＫ』とスタンプが押された。

セレクトショップから男用の洋服屋、チケットブース、ジューススタンド、休憩所まで来たところで昼になった。

『休憩しない？』

そんなメッセージに答えて、二階のフードコートに集まる。週末だから人が多くて、ぱっと見ただけじゃ空いているところがわからない。でもそんな中、まっすぐ生えた木みたいに立ってるセラが見えた。

「こっちこっち」

横でタキタがうまい棒を振り回している。

「そっちはどうだった？　こっちは一回『あれっ？』みたいな人がいたんだけど、横に連れがいたんだよね」

タキタが口を尖らせながら言う。

「こっちは『らしい』のすらいなかったな」

俺の言葉に、コウがうなずく。

「おっさんはいたけど、ニット帽も長い髪もいなかったよ」

席取り用のマフラーや上着をテーブルに置くと、俺たちはそれぞれ食べたいものの店に向かった。

で、戻ってきて笑う。

「なんで全員、ポテトついてんの！」

タキタの声がでかくて、さらにウケた。

「いや、だってセットになってたから」

そう言ったのは、カツカレーのトレーを持ったコウ。

「サイドがサラダかポテトかって聞かれたら、選ぶじゃん」

それはめっちゃわかる。ていうか叫んだタキタ自身が山盛りフライドポテトとフィッシュフライを持ってるし。

「ていうかセラとアラタ、その組み合わせはどうなの」

タキタに言われて、俺は自分のトレーを見下ろす。皿うどんとポテト。そしてセラは、チャーハンとポテトだった。

「いやだってサイドで安かったから」

「私も。五十円でつけられるってあったら、頼むでしょ」

「セラ、ぜんぶ炭水化物じゃん」

コウが笑いながら水を取りに行く。なので俺も行って、四人分を汲んできた。

「でもさあ、私は炭水化物だけど、みんなは揚げ物ダブルだからね？」

そう言われて気づく。俺の皿うどんは硬いタイプの揚げ麺だ。

「カロリー爆上げだ。こわっ」

タキタはそう言いながらも、嬉しそうにポテトをつまみ出す。

「ねえねえ、これ、ぜんぶ味違うのかな」

みんなのポテトを見つめてセラがつぶやく。

「どうかな。どこも業務用だろうから、形が同じだったら同じ可能性は否定できない」

そう言いながら、コウが自分のポテトをタキタのトレーに敷かれた紙の上に置いた。

「比べてみようよ」

セラも自分のを置いたから、俺も続けて置く。

「あれ、結構違うなあ」

コウのポテトは太めの長め。タキタのは半月形の皮つきナチュラルカット。セラのは細くて白っぽい。そして俺のは太めでギザギザにカットされていた。

「これは、食べ比べなきゃ」

部活の一環としてさ。タキタの言葉に従って、それぞれポテトを交換する。

「カリカリとホクホク、どっちもいいなあ」

「皮つきはヘルシーな感じがすんだよね」

「ギザギザ、なんか懐かしい」

「白っぽいやつ、カラオケで出てくるやつに似てね？」

齧ったところから、ほわりと湯気が立ち上る。口の中には芋の甘さと塩のしょっぱさ。指先は油できらきら光って、フードコート全体のざわめきがうわんと俺たちを包む。

「フライドポテトは正義だなあ」

俺の言葉に、全員がぶんぶんとうなずいた。

「ねえ細いやつもうちょっとちょうだい」

「俺、皮つきのシナっとしたとこ食いたい」

メインそっちのけで、それぞれがそれぞれのポテトを食いまくる。ちょっとしたパーティー感。

「そもそもだけどさ。おっさんは、今日ここに来てるのかな」

思い出したようにセラが言った。

「なんでそう思うんだ？」

俺がたずねると、セラは「んー」と首をかしげる。

「私だったらさ、今日みたいに寒かったら朝イチからは来ないなあって思って」

それを聞いた瞬間、残りの全員が納得した。確かに、暇な人間であればあるほど朝早くは来ないだろう。

「だってほら、ホームレスだったら寒いの嫌だろうし、開いたらすぐに入りたいと思うけど、そうじゃないっぽいって言ってたし」

そしたら朝寝坊だってしたいよねえ。のんびりとした喋り方だけど、セラの言っていることは鋭かった。

「だとしたら、午後の方が勝率高いのかもしれない」

コウが塩のついた指を舐(な)めながら言う。

「自分がおっさんだと考えると、昼過ぎにゆるっと来て、腹減ったらフードコート、みたいな気がする」

その正面で、タキタが「はいはい」と手を上げた。

「私がおっさんだったら、ゆるっと来てすぐに洋服なんて見ない。本か雑貨、じゃなきゃまずはコーヒーショップに行くな」

みんなの意見をまとめると、なんとなく方向性が見えてくる。なので俺も想像してみる。

「俺がおっさんだったら、ゆるっと来てしばらくはのんびりしたい。だから店はタキタの言ったような感じで、もしかしたらコーヒーやジュース飲んでて、それで――」

あ、と心の中で思う。

「――それで、来てすぐに高校生に声をかけられたら面倒くさいから、その気になるまでニット帽は脱いでる、とか」

俺が言い終わったとき、三人は黙って目を見開いていた。そして次の瞬間、タキタが叫ぶ。

「アラタ、天才か！」

「いや自分でもちょっとコナン降りてきた感じはするけど」

「マジすごい。すごすぎる」

みんなに褒められて、ちょっと照れくさい。俺はそれをごまかすように、皿うどんの残りをずるずる啜（すす）った。うん、このポキポキからヘロヘロへの変化がまた、たまらないんだよなあ。

＊

作戦会議の結果、午後はタキタの言ったように、本屋や雑貨屋から見始めることにした。そして探す人物は、ニット帽だけじゃなく、長い髪のおっさん。「後ろで結んでる可能性もあるかも」というセラの意見も取り入れる。

そしたらなんと、すぐに該当する人物が現れた。

『こっちの雑貨屋にぽい人いるんだけど⁉』

タキタからの連絡を受けて走って行くと、確かにグレーのダウンを着て髪を結んだおっさんがいる。アメコミのグッズを手にとって、買おうかどうか考えているようだ。

でもなんとなく、違う気がする。

「あの人、綺麗すぎない？」

俺と同じことを思ったのか、コウが囁(ささや)く。

「だよな」

髪を後ろで結んでいるのは、カモフラージュというより単なるおしゃれに見える。その証拠に、靴もエンジニアブーツっぽい高そうなものを履いている。

（こういう人を「おっさん」とは呼ばないんじゃないかな）

一応、確認のため近くまで行ってわざとらしくうまい棒を取り出してみた。でも無反応。だよな、という感じだ。

「うーん、残念！」

「じゃ、また」

手を振ってタキタとセラと別れる。

反対側の端にある本屋に行き、コウと二人で別々の通路を流す。するとコウが小走りで戻ってきて「雑誌のあたり」と囁く。

（今度こそ、か？）

ドキドキしながら行ってみると、その人物は髪を結んでいない。着ているのは古っぽいロングコート。でもなんというか、こっちはかなりホームレスに寄ってる気がする。その証拠にほら、そばにいくと香り高い。

「ごめん」

臭いに気づいたコウが小さく両手を合わせた。

「いいよ」

そして再び広い書店に散る。

コミック、参考書ときて実用書の通路に差しかかった。ここは本屋の端だから、一歩踏み出せばすぐにメイン通路に出られる。

隣に子供の本コーナーがあるせいか、図鑑が豊富だ。小さい頃によく読んだ乗り物の図鑑がまだ売られていて、ちょっと和(なご)む。

（あ、これこれ）

その中でも熟読したのが『世界の危険生物大解明図鑑』。オカルト系を知る前は、こういうのが大好きだった。

（これ、確か最後のページに――）

仕掛けがあるんだよな。思い出しながら、手にとってページをめくる。

『地球上で本当に危険な生物。それは』

そう書かれたページの次には、なんと。

「『それは、あなたです』⁉」

いきなり背後から声がして、俺は振り向く。

「『そう、あなた。つまり人間。人間は自分が住んでいる環境を自ら破壊する、超危険な生物なのです』だって。うわ〜！」

ページを音読した人物は、嫌そうな表情でそのページを覗き込んでいた。

「え……」

「こういうのってさあ、子供を脅してるみたいだよね」

髪が、中途半端に長い。でも不潔感はない。昔バンドやってました、って言ったらギリ通用しそうな。でもダサさもあるから、嘘つけって言われてもおかしくないような。

「あの——」

「僕、こういう押しつけは好きじゃないな」

服は、量産型のダウン。黒にも見える濃いグレー。下は適当なパンツに、無難なスニーカー。

（まさか）

視線をそっと移動させると、ダウンのポケットから黒い布のようなものがはみ出ている。

（……コウ！）

人を呼んだら逃げてしまうかもしれない。携帯を出そうにも、両手は重たい図鑑を持ってるし。

（どうしよう）

俺は固まったまま、目だけをキョロキョロさせた。

「君はさあ、どう思う？」

急に質問されて、俺はさらに混乱する。

「え？　俺？　ですか——？」

「うん。若者的にはさ、どうなの？　こういう『人間が諸悪の根源でした！』みたいなやつ」

「ええと」

混乱しながらも、考える。というか思い出す。この本を読んだ当時、このページは結構な衝撃だった。

「小学生の頃読んだときは、ああやっぱりって思いました」

「やっぱり？」

「なんか地球温暖化とか、そういうのニュースで見てたんで。やっぱり人間って良くないんだなあって。戦争とかもするし」

たぶんそういう全部が合わさって、終末思想とかオカルト方面への興味につながった気がする。そしてそこから、自分は生きていていいのか、まで考えてしまって落ち込んだんだけど。

「そっかそっか。君は頭のいい子供だったんだね」

「え？」

「だってそうでしょ。そもそもニュースをちゃんと見てるし、意味もわかってた。だから『やっぱり』って思えたんじゃない？」

見ず知らずのおっさんから褒められて、混乱の上に混乱が重なる。ていうかこの話の着地点がわからない。

「あの――じゃあ、あなたは――どう思うんですか」

なんて呼んだらいいのかわからないから、とりあえずの「あなた」。これって正解？

「んー、僕はこういうの、手抜きだと思うね」

「手抜き？」

意味がわからず、再びページを見つめる。手抜きってことはもしかしてこれ、似たような本のパクリだったのか？

「だってさ、なんとかが悪い、っていうのは一番簡単じゃない？」

簡単？　俺が首をかしげると、おっさんもなぜか同じように首をかしげる。

「うまく説明するのが難しいけどさ。ひとつのことがあって、それがイマイチだってときに『これが悪い！』っていうのは楽だと思うんだよね」

「楽……ですか」

「たとえばこの地球の問題以外でざっくりしたのだと、景気とか？　そういうのに『国が悪い、政治が悪い』みたいなこと言うじゃない」

ああ、そういうのよく聞く。だから俺は政治の話とか嫌い。

「でもさ、それって解決しようとしてないじゃない」

「解決？　って――そういう大きな問題は解決とか難しいんじゃないですか」

だからその前段階で問題を指摘してるんですよね。俺が言うと、おっさんはうんうんとうなずく。

「僕もそう思う。でもさ、だからこそせめて言ってほしいんだよ。これが悪いけど、こうしたら良くなるかもしれない。解決は先かもしれないけど、できることをやって、少しずつでも変えていこうって。子供向けの本には、そういうところまで書いてほしいね。だから、簡単で衝撃的な言葉で終わってるこれは、手抜き」

へえ。案外しっかりした意見に俺は感心する。

「衝撃的で強い言葉に、人は簡単に納得しちゃうんだ。逆に『これだけが良い』、っていう言い切りも問題だね。心が弱ってる人は飛びつくよ」

「怪しい治療法とか、よくありますね」

ちなみに俺は、そういうのをネットで読むのが好きだ。趣味が悪いのは自覚してるからほっとけ。

「あるねー。僕の知り合いっていうか上司なんだけどさ、薄毛に悩んで海藻食べまくったけどお腹壊してやめて、そこに『これしかない!』って売り文句の高いシャンプーの広告見たらしいんだよね。で、取り寄せたんだけど、後日それを売ってる人からなんか勧誘されたんだって」

それもう怪しい治療っていうより、薄毛はただの勧誘窓口だよねえ。おっさんはうひひと人の悪い笑い方をした。

「本当はさ」

おっさんの声が一段低くなる。

「ものごとに良いも悪いもないんだ」

どきりとした。なんかすごいことを言われそうな気がする。

「この世界に――」

うん。

「世界に、意味なんてないんだよ」

あれ。

俺、もしかして世界の秘密を知っちゃった？


ていうか、まだうまい棒出してないんだけど。

*

俺は、ゆっくりと図鑑を閉じて手を下に降ろし、おっさんの方に向き直る。時間稼ぎがうまくいったおかげで、おっさんの向こうにコウの姿が見える。俺を見つけたけど、話しているのがわかったからそこで待機してくれていたらしい。

でも、まだタキタとセラの姿は見えない。

（なら、もうちょっと）

引き延ばしにかかろう。そこで俺は、悲しそうな表情を浮かべてみせた。

「世界に意味は、ないんですか」

するとおっさんは、まずいと思ったのかなだめるような話し方に変わった。

「だってこの本にも書いてあるけどさ、世界は人間だけで構成されてるわけじゃないじゃない？　だったらそもそも『意味』なんて存在しないよ。そうなった『理由』を見つけることはできてもさ」

なるほど。動物や植物に『理由』はあっても『意味』はない。ような気がする。

「意味が欲しいのはわかるよ。自分が生きてる世界には意味があって、自分のやってることには小さくても意義があるんだと思いたいもんね。じゃないと不安だからさ」

「それはそうですね」

お前なんか無意味だ、と言われたらなんか悲しいだろうし。

「でもさ、世界って、もっとずっと適当じゃない？」

適当。世界の秘密からの落差がすごい。

「だって僕、適当に生きてるもん。人生に意味なんかないし、ただふらふら生きてるだけ。で、そんな適当な僕が生真面目な君と今、偶然クロスした。それに意味なんてある？」

「意味はあります」

つい、言ってしまった。だってなんだか、逆運命論みたいな感じで納得してしまいそうだったから。それにこのおっさん、やっぱりどこか教祖っぽい。だから引き込まれないためにも、抵抗してみる。

「だってこれは、偶然じゃないんです」

「え?」

「実は俺——あなたのことを探してたんです。だから今、クロスしたのは必然だし、俺にとっては意味があります」

おっさんは、ちょっと驚いたような表情を浮かべながら、俺の顔をまじまじと見る。

「僕を、探してたの?」

「はい」

「なんのために?」

「それは——」

束の間の沈黙。ここでなんて言うかが、何かの分かれ目という感じがする。

聞きたいことは、いくつかある。でもその中で、一番は。

(あ)

コウの後ろに、背の高い人物が近づいてくるのが見えた。セラだ。

「それは、なに?」

「ええと」

質問を続けられて、俺は慌てた。そのせいでつい、言ってしまった。

「あの——俺は、繁殖してもいいんですかね」

「へ？」

聞き返されて、まずった、と思う。

「間違えました。もういいです」

「あ、待って待って。繁殖ってことは、君は、自分は子孫を残さない方がいいって思ってたわけ？」

短い言葉なのに案外ちゃんと伝わっていて、俺は驚く。

「まあ——そんな感じです」

「つまりこの本みたいに『人間が諸悪の根源』って思っちゃったから、増えないように考えてた？」

大当たりなので、黙ってうなずいた。するとおっさんは、大げさに頭を抱える。

「うわー、ほらやっぱ、この本ダメじゃん！　子供にめちゃくちゃ悪影響与えてるし！」

「……この本のせいだけじゃないですけど」

「でもきっかけのひとつでしょ」

それはそうだ。「ニンゲン、ヨクナイ」が気持ちの根っこの方にあるから、いつも「どうせ」という気分がつきまとう。どうせ人間なんか悪者で。どうせ未来なんて真っ暗で。どうせ勉強なんかしたって意味がなくて。だって、どうせ俺なんんか。

「――俺みたいな、特になんの取り柄もない奴が繁殖したら、地球の害が０・１くらい増えるだけなのかなって……」

心の声が、ぽとりと床に落ちた。

すると次の瞬間、信じられないほどでかい声が辺りに響き渡る。

「それは間違ってる！！！」

おっさんと俺は、声の方向に顔を向けた。セラだった。

(聞こえちゃったのか)

中二病で真っ黒の心の声を聞かれて、ものすごく恥ずかしい。俺はさらに自分が嫌になる。けれどそんな俺に向かって、セラはさらに告げる。

「間違ってる！　そういうの、絶対に間違ってるからー！！！」

ていうかセラ、声が腹から出すぎだ。店中の注目が集まってる。隣でタキタも目を丸くしてるし。それにほら、店員が注意しに寄ってくる――。

と、そのとき俺たちの近くにいた男が脱兎のごとく駆け出す。

「え？」

「万引きの常習犯だ！　誰かー！」

今度は店員の声が響き渡った。マジか。

「え？　え？」

男は、まっすぐにセラたちの方へと向かっている。

「セラ、逃げろ！」

ぶつかるだけじゃ済まないかもしれない。そう思った俺は、そのまま男の後を追おうとした。

だってほんの数メートル先には、セラがいる。

しかし走り出そうとした俺の前で、おっさんが男にぶつかったのか派手に前のめりになる。

「うわあっ」

おっさんは男のモッズコートの裾を掴んで床に倒れ、その拍子に男はセラの直前で尻餅をついた。

「離せ！」

男は叫びながら、コートの下からはみ出た本を隠そうとしている。

「え？　でもこれ、なんか指が紐にからまって」

「離せったら、こいつ――！」

「痛い！　引っ張らないで！　指がちぎれる！」

男とおっさんがもみ合う。

「セラ！」

危ないから下がってろ。そう言おうとした瞬間、セラの足が高々と上がった。

（――え？）

でかいサイズのスニーカーの靴底が見えた。と同時に、どこん、と重い音。尻餅をついた男の顔の横ギリギリに、セラが踵落としをかましたのだ。

「あ、外れちゃった」

セラはのほほんとした口調で笑う。そしてもう一度、足を上げようとしたところで店員が割って入る。

「ありがとうございます！　警備の人が来ましたから！」

それを聞いた男は、毒気を抜かれたような表情で、店員にむかってこくこくとうなずいた。

そして言われるがまま、警備員の方へと連れ去られていく。

呆然と立ち尽くす俺の前で、セラが恥ずかしそうに横を向いた。いや、今さら恥じらわれても。

「アラタ！　その人なんだよね？」

タキタの声で我に返る。

「あ、うん」

「じゃあさじゃあさ、来期の深夜アニメ枠で——」

いきなり質問をぶつけようとするタキタを、コウが軽く制した。

「アラタ、さっき質問の途中だったんじゃ？」

「あ、そだね。ごめん。じゃ終わるまで待ってる」

「あー痛かった」

指先をふうふう吹きながら、おっさんが立ち上がる。

「――絡んでませんでしたよね」

「んー？　そう？」

「あと、予言者とかじゃありませんよね」

「どうだろう？」

頭が冷静になってくると色々なことがパズルのピースのようにはまり込んでくるのがわかった。

おっさんがここにいる理由。そして、モールをうろうろしている理由。

「万引きGメン、なんじゃないですか」

そうたずねると、おっさんは口を尖らせる。

「その言葉、あんまり口に出して欲しくないなあ」

普通の客に紛れてうろうろしつつ、万引きを捕まえる。あるいは指摘して警備員や店員に伝える。たぶんそれがおっさんの仕事だ。顔バレしないほうが同じ場所で長く続けられるから、今回は後者の方だろう。

「本屋だけじゃなくて、モール全体の、なんですね」

一つの店にずっといたら目立つし、相手にも見抜かれやすい。だから色々な店を巡回して、目立たないように見張っている。おっさんがカバーできないところは、女性が回っているんじゃないだろうか。

（そしてその女性は、おっさんより自然で目立たなかったと）

おっさんは万引き被害の多そうな雑貨屋や本屋を中心に動く。ニット帽をかぶったりかぶらなかったりと上着が違うのは、そのときどきで見た目を簡単に変えるためだろう。髪を結んで帽子に入れるとか、バージョン違いもできそうだし。

「でもなんで、うまい棒――」

俺がつぶやくと、おっさんはいひひと笑う。

「うまい棒、君くらいの歳の子から買い取ったんだよ。好物だったから」

(買い取った……)

たぶんそいつは、うまい棒を万引きしようとしたんだろう。でも初犯なのか何か理由があって、おっさんは見て見ぬ振りをしてやった。それがこの都市伝説の始まりだ。

感謝した当人が漏らしたのか、遠くからうまい棒の受け渡しだけを見ていた友人が広めたのかはわからない。ただ、「おっさん+うまい棒=いいこと言われる」みたいな感じで話がまとまったんだと思う。

(あーあ)

都市伝説の渦中どころか、都市伝説解体の瞬間に立ち会ってしまった。俺はちょっとがっかりしながら、ポケットからうまい棒を取り出す。

「どうぞ」

「え? くれるの?」

「ちゃんと買ったやつです」

おっさんはにやりと笑うと、うまい棒をダウンのポケットにねじ込んだ。

「うちの学校で、噂になってるんですよ」

「らしいね。なんかもののけみたいな？」

「もののけって」

まあ、ある意味妖怪みたいな感じもするけど。

「もしなんだけど、今回のことは秘密にしておいてくれる？」

できればでいいんだけどさ。そう言われて、俺はうなずく。バレたら、万引きGメンがやりづらくなるだろうし。

「ただ、あいつらにだけは言ってもいいですか？　見てたんで」

俺が離れたところに立っている三人を示すと、おっさんは軽く頭をかいた。

「あー……、しょうがないかあ」

でもここで話すのはあれだから、家に帰ってからにしてね。おっさんの言葉に、俺はうなずく。

「ちなみに、一日一人一回の予言者って言われてます」

「お、それいいね。大勢来られても困るし」

なんなら、今日の一人はもう済んだとか言っちゃおう。嬉しそうなおっさんを見て、俺はちょっとしまったと思う。もしかして俺は、都市伝説の強化をしてしまったのかもしれない。

「ところでさ、あれ」

「え？」

「君、繁殖したらいいと思うよ」

うわ。どさくさに紛れて流せたと思ってたのに。俺は再び恥ずかしくなって、下を向く。

「だってさ、種族の行く末を慮（おもんぱか）って繁殖を控えようと考えたんでしょ？　その時点で、けっこう優れた個体だと思うんだよねえ」

だからさ、好きに生きなよ。そう言われて、なんか胸とか喉の辺りが少し熱くなった。

わけがわからない。

だってこの人、予言者じゃないし。


もういいぞ、と声をかけたらタキタがすごい勢いで駆け寄ってきた。

「ちょ、おじさん、これ‼」

刺しそうな勢いでうまい棒を突き出す。

「来期の深夜ドラマ枠で、推しは主役取れますかっっ⁉」

そんなタキタからちょっと身を引きながら、おっさんは「あー、ごめん」と俺の方を指差した。

「今日の分は、彼で終わっちゃったんだよねえ」

「マジで⁉」

大げさに頭を抱え込んだタキタに、セラが「また次があるよー」と声をかける。

「だってほら、おじさんは実在したたってわかったんだし」

「んんー、そっか。そうだよね。チャンスはまだあるってことで。したら次回は、絶対！」

俺のターンだから！　そう叫んだ。だからほら、また一人称「俺」になってるし。

＊

なんか色々あって疲れたので、またフードコートに来ておやつ休憩になった。今回は俺だけが願いを叶えた（形になった）ので、安いドーナツセットをおごることにする。

「いいの〜？　じゃあ私はダブルチョコと、あとココアもね」

申し訳なさそうな顔をしつつも、セラが容赦のないオーダーをする。ダブルチョコは、他よりちょっとだけ値段が高い。でもまあ、万引き犯を足止めしたこともあるし、いいか。

「したらこっちはアーモンドクランチとココア！　あ、ココアにホイップつけて！」

「ちょっと待て。トッピングを許可した覚えは――」

タキタに文句を言おうとすると、コウがすっと横から出てきてタッチパネルを押した。

「アラタ、俺はいちごジャムの入ったやつにホイップ入りココアな」

「え」

「えー？　だったら私もココアにホイップつけたい！」

セラの声にうなずくと、コウは『エクストラホイップ』をもう一度タッチする。ああもう。

「……コウ、ついでに俺のも押して。ホイップつきココアと、きなこまぶしたやつ」

席について、薄甘いココアをすするとようやく緊張がほぐれてきた。

「はー、落ち着くねえ」

ふわふわと笑うセラ。さっきの踵落としとの落差がすごい。

「ていうかセラ、なんか格闘技とかやってんの」

思わずそうたずねると、セラがぎくりとした表情を浮かべた。もしかしてこれ、聞いちゃいけなかったのか。

「あー……うん」

語尾を濁すセラの背中を、タキタが軽く叩く。

「大丈夫だよ。アラタなら」

「だね。ごめん、隠すつもりもないんだけど、うち、家が空手の道場やってて」

ああ、そういうことか。

「隠すことでもないけど、わざわざ言うことでもないでしょ？」

親の仕事なんだから。タキタのフォローに、コウがうなずく。

「しかも私、体格だけ恵まれて、空手のセンスゼロなんだ。だからもうやってないし」

「そうなんだ」

「それに私、空手よりお菓子食べながらマンガや本を読むほうが好き」

セラがえへへと笑う。

「――それ、俺も好き」

思わずつぶやくと、セラは笑いながら下を向いた。

「つか、そんなん俺も好きっすよー！」

盛り上がるタキタの正面でコウが「俺も、鉄道と同じくらい好きかも」と笑う。

やっぱり俺たちは、『おやつ部』だ。


「そういえば、アラタはともかく、セラとコウは何を聞くつもりだったたん？」

指についた砂糖を舐めながらタキタが首をかしげる。

「えー？　私はねえ、実は特になかったよ。見つかったら、誰かに譲ろうと思ってた」

「なにそれ。いい人すぎん？　てか欲望ないん？」

タキタが信じられないものを見るような目でセラを見つめた。

「うーん、最初は『将来の自分』を聞こうかと思ってたんだけど、聞いて将来がつまんなかったら嫌だし。強いて言えば、ポテチの新しいフレーバーが出るかどうか、とかかなあ」

「なんだそれ。振り幅がでかすぎるだろ」

俺が笑うと、タキタがじろりと睨(にら)みつけてくる。

「もう託宣を受けた者は余裕ですな」

「余裕？」

そんなのないし。なんならモールを出た帰り道で、みんなにがっかりなお知らせをする立場なんだけど。でも今はしょうがないので、「はいはい」と言っておく。

「タキタは来期、推しが主役を取れるかどうかなんだろ」

「うー、それはさっき聞かれたからなあ。違うのに変えるわ」

したらコウは？　とタキタがたずねた。

「やっぱり鉄道系なの？」

セラがたずねると、コウは首を横に振る。

「いや。俺はバレンタインに本命チョコが貰えるかどうか聞きたかった」

は？　今度は俺が信じられないものを見るような顔をしてしまった。

「なに言ってるんだ、コウ？」

「だってほら、今聞けば二月に正解がわかるわけで――」

「そういうことを聞いてるんじゃなくてさ」

俺がそう言った瞬間、ガタンと椅子を鳴らしてタキタが立ち上がる。

「そんなの――」

顔が赤い。まさか。え？

「そんなの、うまい棒一本で言えるかバカっ！」

言った瞬間、タキタが「しまった」という表情を浮かべた。

そんなタキタを、コウがびっくりした顔で見上げている。

「――タキタ」

セラがそっと声をかけると、真っ赤な顔で仁王立ちしていたタキタは小さく「ダッツ」とつぶやく。

「ダッツ?」

コウが聞き返すと、タキタはきっと顔を上げる。

「ダッツ――ハーゲンダッツくらい買ってこないと、教えてやるかボケぇ!」

そう言って、スタスタと歩き出す。そんなタキタを見て、コウが慌てたように腰を浮かす。

「タキタ、それって」

追いかけながら、コウは叫ぶ。

「カップか?　棒か?　サンドか?　それともアソートボックスかー?」

そういうとこだよ。

＊

その後タキタは、なぜかトレーに山盛りのコーンチップを持って席に戻ってきた。

「甘いの食べたらしょっぱいの食べたくなってきたから」

恥ずかしかったのか、明後日(あさって)の方向を向いたまま喋る。

「ちなみにこっちは俺のおごりだから」

空気を読まない男ことコウは、山盛りの餃子を置いた。

「え。なんで餃子？」

「いや、安かったから。だし、みんな好きだろ？」

そう言われると、まあ実際好きだし。微妙な笑顔で俺は笑う。つか、この場合タキタをどう扱えばいいんだ？

「なんか悪いし、私もおごるよー」

セラが立ち上がったついでに、俺も「水が欲しいから」とか言いながら席を離れる。

「なあ。あれ、どうするのが正解？」

唐揚げ屋の前で足を止めたセラに、俺はたずねた。

「んー、私もびっくりした。だから」

「だから？」

「だから、私もわかんない！」

笑顔でそう言われて、俺はがっくりと肩を落とす。

「でもさ、いいじゃん」

「ん？」

「わかんないから、楽しいこともあるんじゃないかな。ドキドキしながら話すのも、楽しいよ、きっと」

セラは、またふわふわと笑う。俺はまるででかいセラから、花びらがこぼれてくるようだな、なんて思う。

うまい棒一本で世界の秘密は得られなかったけど、うまい棒一本で俺たちの世界は変わった、のかもしれない。

チロル・ア・リトル

寒い。寒すぎて、耳がちぎれそうに痛い。手袋をしたままポケットに突っ込んだ手はいつまでも温まらず、指先が冷えていく。二月の登校は、死の行軍だ。

（ていうかさ、なんでダウンって腰までしかねえの）

ダッフルコートやベンチコートなら腿の辺りまで隠れるのに、なぜかダウンは短い丈が多い。女物には適度に長いやつもあるのに、なぜ。

（男だって冷えると腹下すのに）

でもダッフルコートは脱いだ時に重いし、ベンチコートも長くてちょっと邪魔だ。あとまあ、なにより見た目的に長いダウンはちょっと。そんなわけで、毎年文句を言いつつも上半身だけのダウンを着ている。

「はよ」

声に振り返ると、コウが同じように両手をポケットに突っ込んで歩いていた。

「うす」

寒いと、挨拶も短くなる。ネックウォーマーを鼻まで引き上げたまま、ぼそぼそと話しかけた。

「あれ、どうなった？」

「あれって」

「――ダッツ問題」

「ああ」

コウは小さくうなずく。

「なんもなし」

「そっか」

週末にショッピングモールで別れてからもう三日。週三回の部活はすでに一回あったし、廊下でも何度かすれ違った。でも、タキタはそのことについて話しかけてこなかった。

「ハーゲンダッツ、おごる気はあるんだけど」

風に目を細めながら、コウがつぶやく。

「そっか」

多分だけど、コウは純粋に答えが知りたいんだろう。そういう奴だ。

コウは、自分の欲求よりも疑問を優先する。これは案外すごいことで、たとえば誰かにいきなり殴られたとして、俺だったら怒るかビビるかの二択なんだけど、コウはまず「なんで？」

と聞く。それでもう一回殴られたとしても、「なんで？」は繰り返される。疑問を解消せずにはいられないのだ。そんなコウをウザがる奴もいるけど、それが逆に盾になってる感じもする。いじめをするような奴は大抵、面倒臭い奴が嫌いだから。

そして俺は、メンタル弱めの自覚があるのでそういう強さがちょっと羨ましくもある。

「今日、部活だよな」

「ああ」

「俺、どうしたらいいのかな」

コウの質問に、俺は首をひねった。

「……ごめん。正直、俺もよくわかんね」

女子からの告白。それも言った本人が「やっちゃった」って感じの場合の対応なんて、想像したこともないし。

「だよな」

モテた、と喜ぶ感じじゃない。むしろ誰かの秘密を聞いてしまった、みたいな罪悪感がうっすらあったりする。だからタキタと顔を合わせるのが絶妙に気まずいし、こっちからも聞けない。

「なんだかなあ」

コウはつぶやくと、肩をすくめた。

＊

とても気まずい放課後。のろのろと部室に入ると、タキタがすごい勢いで走り寄ってくる。

「マジごめん。ほんっとーにごめん！」

そう言いながら、コウに向かって二つ折りになりそうな角度で頭を下げる。

「え。身体、柔らかっ」

後からゆっくり追いついてきたセラが、目を丸くした。

「えーと……謝られる覚えがないんだけど」

コウが気まずそうにもごもごと答える。するとタキタはぐわっと上半身をあげて、スマホの画面をこっちに向ける。

「こないだの、あれ。あれさ、この人のことなんだよ」

画面には、男性の写真。でも芸能人にしては普通っぽい。

「誰」

思わず言うと、タキタが早口でまくしたてる。

「知らない⁉　知らないよね。でももしかあのアニメ見てたら知ってるかもね。って言ったらわかるっしょ？」

「あー……、声優？」

「はい正解。この人、最近推しててさあ。でもってほら、よく見て。誰かに似てない？」

ほらほら、と画面を突きつけられてコウと俺は戸惑う。しようがないので、よく見てみる。

イケメン、というほどじゃない。目も鼻も普通。ただ薄めの唇が、特徴的かも。

（ん？）

なんかちょっと、この口の感じ、見たことがある。俺はちらりと横を見た。

「はいアラタ、正解！」

タキタに指さされて、俺はびくりとする。

「え、なに。ていうか誰」

コウに聞かれて、今度は俺が人差し指を向けた。

「――俺？」

「ていうか、似てんの口だけじゃねえ？」

「いやいやいや。それだけでも十分なのだよ！　身近に推しの概念が存在するってだけで、生活に張りが出るってもんでしょ」

「え。待って待って。つまりタキタは、俺に推しの似てる部分を見つけてたってこと？」

「そう。大変申し訳ないのだが、その口元を日々の癒しにさせてもらってたわけ」

「で、つまり『ごめん』っていうのは――」

「チョコレートを贈ろうとしてたのは、この推しなんだよね」

ホントごめん！　タキタはもう一度ぺこりと頭を下げる。

「いやさあ。バレンタイン、推しに何を贈ろうかなってぼうっと考えてたところに『チョコ貰えるか』なんて言葉が聞こえたからさ。頭の中読まれた⁉ ってつい逆上しちゃって」

「じゃあ……もしかして俺は関係ない？」

「うんうん。関係ない。安心して」

「うわなんだそれ」

コウはちょっとほっとしたような表情で笑った。

「なんて言っていいかわかんなくて、ちょっと時間かかっちゃってさ。だから、これ」

タキタはいひひと笑うと、カバンの置いてある机まで小走りに移動する。そして「おわびに、捧げます！」とスナック菓子の袋を取り出した。

「あ、これグルメ系のやつじゃん」

机のそばに立っていたセラが、のほほんとした声をあげる。

「そうそう。作ったらすぐ出荷、のフレッシュポテチ」

よく見ると、袋がよくあるアルミじゃなくて透明のビニールだ。デザインもちょっと懐かしいというか、古い感じ。

「菊水堂――？」

名前も古風だ。ビニールから見えるポテチには特に塩以外はまぶされていないみたいだし、本当においしいんだろうか。

俺のそんな表情に気づいたタキタが、びしっと指を突きつけてくる。

「百聞は一食に如かず、だからね！」

「だから、指さすなって」

セラがカバンからコピー用紙みたいな紙を二枚出して、机にぺたりと置く。するとタキタがその上にポテチをざらざらと落とした。

「雑だなあ」

そうつぶやくコウに、セラが「えー？　紙ひいてるじゃん」と返す。

「まあまあ、食べたまえ。最初の一枚は君のものだ」

タキタにうながされて、コウはポテチに手を伸ばした。しゃく、と軽い音が響く。

「うん？　まあ、うまいけど」

「うまいけど、なに？」

「その――うますぎないっていうか、よくある感じ？」

そうなんだ。俺もさっそく食べてみると、確かにそんな感想が浮かんだ。揚げてすぐだからか、軽いのはわかる。薄くてしゃくしゃくで、シンプルな塩味。シンプルすぎて、サンドイッチとかの添え物にありそうな。

そんなとき、コウが「あ」とつぶやきながらスマホをポケットから出した。

「ばあちゃんからＬＩＮＥ来た」

「え。コウのおばあちゃんってＬＩＮＥ使えるの？　すごいね」

セラの言葉にうなずきながら、コウは「あー、またか」とつぶやく。

「どうした？」

「なんか、最近よく呼ばれるんだ。先週は電球の付け替えで、その前は棚の上の箱を降ろしてほしいとかで」

「おばあちゃん、一人暮らし？」

タキタの質問にコウはポテチをつまみながらうなずく。

「じいちゃん死んじゃってから、マンションに引っ越したんだ。家から一駅離れてるけど、頭は元気だし、ほとんどのことは自分でできるから」

「──『頭は』？」

思わず突っ込むと、コウは「腰がさ」と答えた。

「何年か前に、腰を悪くして一回手術したんだ。それ以降、曲げ伸ばしがゆっくりしかできない。あとしゃがんだり、背伸びしたりがつらいって」

「ああ、それで」

タキタが二枚同時にポテチをつまむ。

「一応、手伝いの人は来るんだ。母さんが手配して、週一回。ばあちゃんの手の届きにくいとこの掃除とか、やってくれる」

「で、その人が来ない日の困りごとが、コウの担当なわけね」

「そういうこと。今回は、家のどこかに落としたブローチを探してほしいんだって」

「偉いねえ。孝行息子──じゃなくて孝行孫」

セラの言葉に、コウは「いや」と首を横に振った。

「別にそんないいこととかしてないから。ほんとちょこっとしたことだけで。それにばあちゃん、急げとか言わないし」

「でも、一人で行ってるんだろ?」

「そうだよ。一人で行くなんて偉いよ。私なんか、家族と一緒じゃなきゃ行かないよ」

タキタの言葉に、コウは「それがさ」と言った。

「なんていうか——その、仲悪いんだよ。母さんとばあちゃん」

「それって、嫁と姑とかいう感じの?」

「いや。実の親子」

どうしよう。そういう表情でタキタがセラと俺の顔を交互に見る。いやそれ、俺にもどうしていいやら。

「——お父さんは、どうなんだ」

とりあえず逃げ道を探してみる。

「中立。どっちかになんか言われたら出てくって感じ」

よかった。家族の問題は、予想外のところに地雷が埋まっている。

「あと、まあ俺が、ばあちゃんっ子だから……」

コウは恥ずかしかったのか、言いながら顔をふっとそむけた。

「ところで、ブローチって何」

俺が質問すると、タキタとセラが「えーっ」と声を上げる。

「アクセサリーのことだよ。ピンで胸とかにつけるやつ」

セラの説明に、コウが首をかしげた。

「缶バッジみたいな?」

するとタキタが大げさに頭を抱える。

「そういうんじゃなくて、もっとちゃんとしたのだよ! 宝石とか、綺麗なものでできたやつ」

俺の頭の中に、母親が入学式でつけてたものが浮かんだ。

「あ、でかい花とかリボンとかついてるやつだろ」

けれど、セラが首を横に振る。

「それはコサージュ」

「え? だってあれも胸にピンで留めるもんだろ」

違いがわからねえ。俺とコウが顔を見合わせていると、タキタが言った。

「ざっくりいえば、ブローチはちっちゃくて硬い! コサージュはでっかくて柔らかい!」

それはちょっとわかりやすい。

「なるほど」

コウもうなずく。

「ていうかさー」

セラがポテチをぐわっと掴む。おい、取りすぎだろ。

「コウ、おばあちゃん近くにいていいねー。うちはちょっと離れたとこに住んでるから、たまにしか会えなくってさー」

なんか会いたくなってきたー。そう言いながら、セラはふっと上を見上げる。

「ねえ。そのブローチ、私も一緒に探しに行っちゃダメかな?」

「え」

コウが理解できないものを見るような目でセラを見た。この二人は、お互いに言葉が足りなすぎる。それを補完するように、タキタがすごい勢いで喋り出す。

「ねえセラ。それってどっち? 1、誰でもいいからおばあさんに会って、おばあさん欲を満たしたい。2、『ブローチ』って単語すら知らないコウがブローチを探すのは大変そうだから手伝ってあげたい」

「んー、ほぼ1かな。おまけで2も」

「だってさ」

「おう」

コウは安心したようにポテチを山盛り掴む。だからお前も取りすぎだって。

「で、答えは?」

疑問が解消されて、他のことを忘れていたようなので突っ込んでおく。

「ん? あ、うん。たぶん平気だと思うけど」

そう言いながらコウは再びスマホを取り出す。すると光の速さでタキタが「三人ね！」と指を立てた。

「おばあさんに『週末、友達を三人連れて行ってもいいですか？』って聞いて」

「なんで」

「なんでって、コウ。セラと二人でおばあさんち行く気？　それじゃまるで、彼女できましたのご報告だよ」

そう言われれば確かに。俺がぶはっと吹き出すと、コウがじろりとこっちを睨みつつスマホにメッセージを打ち込んだ。

「オッケーだって」

「おばあさん、返信早くてすごいなあ」

セラの言葉にタキタがうなずく。

「確かに。うちのおばあちゃんなんて、ＬＩＮＥどころかメールの返信に数日かかるよ」

「あ。もしかして、コウが教えてあげたんじゃないのか？」

俺がたずねると、コウは「まあ」と言った。

「高齢者にこそ、スマホは必須かなと思ったし」

「うんうん。いざってときに、声で助けを呼べたりするもんね」

倒れたりとか、強盗とか。タキタが不吉な方向の利便性を語りはじめたので、俺は遮（さえぎ）った。

「――とりあえず、人数が多い方が探し物にはいいかもな」

言いながらポテチに手を伸ばす。しかし、その手はすかっと空を切る。

「いつの間にぜんぶ食ったんだよ！」

信じられない。あんなに山盛りあったはずなのに。

「え。いつだっけ」

「アラタだって食べてたじゃん」

「俺が最後の一枚食った」

口々に言われて、がっくりと肩を落とす。

「――もうちょっと、食いたかった……」

そんな俺に向かって、タキタがにやりと笑った。

「そう。その感想こそが、このポテチが名品たる所以(ゆえん)なのだよ」

「意味がわからないんだけど」

「あっさりして軽くて自然な味だから、バリバリ食べれて『あれもうないの？』ってなる。パンチはないけど、じわじわうまいから『もうちょっと食べたいな』ってなる」

言われてみれば、そうかも。

「上品な味は、地味な味と紙一重。派手じゃないけど、余韻が深いのだ」

得意げに言い切るタキタの隣で、セラが「あのさ」と指を舐める。

「なんか味の濃いものが食べたくなっちゃった。ピザポテトとか食べたいなあ」

「だからあ〜！」

俺の演説の意味！　タキタがまた大げさなポーズで頭を抱えた。

＊

勢いで決めたことだったけど、よく考えたら俺はコウの家すら行ったことがない。なのにいきなりおばあさんのところに行くって、どうなんだろう。

土曜の午後。最寄り駅で待ち合わせたコウに恐る恐るたずねる。

「いや別に。逆にばあちゃん、楽しみだって」

それは言葉通りに受け止めていいものなのだろうか。コウは言葉の裏を読まない奴だから、迷惑な可能性は残されているかもしれない。

「おーい」

のんびりと歩いてくるセラとタキタと合流し、俺たちはコウの案内でおばあさんのマンションに向かった。

「いらっしゃい」

出てきたのは、にこにこ笑ってるおばあさん。白髪だけどさっぱりとしたショートカットにしているせいか、よぼよぼした印象はない。思ってたより背も高い。

「どうぞ、上がって」

ただ、廊下を歩く時はゆっくりで、バランスを取りながら進んでいるようだった。

「お邪魔しまーす」

打ち合わせたわけじゃないけど、三人揃って小学生みたいな挨拶をする。

入ってみて意外だったのは、部屋の雰囲気が洋風だったこと。無印っぽいというか、シンプルなインテリアで和風のかけらもない。

玄関マットも落ち着いた色合いで、シューズボックスの上もすっきりとしている。

（……おばあさんの家ってどっかに和室があったり、ごちゃごちゃ謎のインテリアがあるもんじゃないのか）

同じことを考えたのか、セラが「おしゃれな部屋ですねえ」と声を上げた。

「ありがとう」

「なんか北欧っぽいですね。素敵！」

北欧。北欧っぽさの定義がまるっきりわからないのだが、おばあさんは嬉しそうに微笑む。

「こういうインテリアが、ずっと憧れだったのよ。だから一人暮らしになるとき、これからは自分の好きなものしか置かないようにしよう、って決めたの」

なるほど。一人暮らしイコール孤独、というイメージは思い込みだったかもしれない。

「紅茶でいいかしら？」

キッチンへ向かうおばあさんを、ごく自然にコウが追った。

「適当に座ってて」

おお、なんか大人みたいな発言。そしてコウは、五人分のカップを載せたトレーを運んでくる。そこから流れる湯気に、セラが目を細める。

「あ。ロイヤルミルクティーですね」

いち早くカップに口をつけたタキタが、嬉しそうに笑った。

「コーヒーの方が良かったかしら?」

「いえ。私、ロイヤルミルクティーが大好物なんです。しかもこれ、ちゃんと牛乳から煮出して作ってますよね。すごくおいしい!」

「よかった」

ロイヤルミルクティーって、カフェオレの紅茶版だと思ってたけど違うのか。北欧とか紅茶の名前とか、俺にはわからないことが多すぎる。そんなことを思いながら、カップを口に運んだ。

(甘っ!!)

紅茶の濃い風味と、ミルクのこってり感。そこに砂糖がたっぷりで、これはなんていうかもう。

「——お菓子みたいだ」

俺のつぶやきに、おばあさんが不安そうな表情を浮かべた。

「ごめんなさい。いつもの癖で、つい最初からお砂糖を入れちゃったの」

「あ、いえ。そんな。お菓子みたいでおいしい、って言いたかったんです」

慌てて言うと、おばあさんは両手で胸のあたりを押さえる。

「ああ、一安心。コウちゃんのお友達に何をお出ししたらいいのか、全然わからなくって悩んでたのよ。ジュースには寒いし、コーヒーは大人すぎるかしら? って」

「ばあちゃん、そんな気にすることないのに」

慣れた様子で紅茶を啜りながら、コウが言った。

「だって考えちゃうのよ。ほうじ茶や麦茶は問題ないだろうけど、いかにもババくさくて嫌かしら？　とか」

「ババくさいっていうか、事実ばあちゃんなわけだし」

「コウちゃん、本当すぎて傷つくわ」

「あ、ごめん」

掛け合い漫才みたいな二人の会話。普段はあまり余計なことを喋らないコウが、ぽんぽん会話のキャッチボールを弾ませているのは新鮮だった。

「あの、ところで。なんてお呼びすればいいですか」

そんな二人に、セラがのんびりと声をかける。するとおばあさんはぱっと明るい表情になった。

「あら嬉しい。じゃあミツコさん、でお願い」

「ミツコさん」

「はい」

返事をしたミツコさんは、なぜだかものすごく嬉しそうだ。それを疑問に思ったのはコウも同じらしく、首をかしげている。

「ばあちゃん、なんでそんな嬉しいの」

「だって私、名前を呼んでもらうなんて久しぶりなのよ。お医者さんでは名字だし、コウちゃんからは『ばあちゃん』でしょ。この先、下の名前で呼ばれるのはホームに入るときぐらいかしらって思ってたから」

「そんな大げさな」

「大げさじゃないわよ」

そんな二人に向かって、タキタが「それ、ないですよ」と言った。

「うちのいとこが介護士なんですけど、担当する人のことは名字で呼んでました」

「あら、そうなの？」

「はい。見学させてもらったことがあるんですけど、今は全員名字でしたよ。下の名前で呼ばれるのは、その人自身が希望してるか、認知症とかで心が若い頃に戻ってる人だけです」

そうなんだ。ていうか、老人ホームを見学しに行くってすごいな。タキタは将来、介護職を目指してるんだろうか？　まあ、お喋りなところは向いてそうだけど。

ちなみに今日、タキタはおばあさんのことを考えたのか目に痛い服を着ていない。大きめのセーターに濃い色のパンツ。ただし、カバンだけはいつものを持ってきたらしく缶バッジがじゃらじゃらついたままだったけど。

そしてセラも一応気にしたのかもしれないが、こっちはこの間とあまり変わらない。セーターがふわふわしているからギリギリ「外用」に見えるけど、下はダボっとしたデニムに長めのベルトがだらんと垂れていて、まるで空手の帯を締めてるみたいに見える。

「今は色々、違うのね。わかってよかったわ」

うなずくミツコさんにコウが「ばあちゃん、本題は」と声をかけた。

「あらやだ。コウちゃん、ありがとう。今日来ていただいた理由を忘れるところだったわ」

「ブローチを落としたんですよね。それはいつのことですか？」

俺がたずねると、ミツコさんは記憶を探るように目を閉じる。

「肩かけ用のストールを留めようと思って、ブローチを出したのよ。そのとき、手が滑って。部屋の中でも寒かったのは――」

月曜日かしら？　と首をかしげた。

「自分でも探してみたのよ。でも、見当たらなくって。どこかに蹴り込んでしまったのか、隙間に落ちたのかもわからないの」

「落としたのは、どのあたりです？」

セラの質問に、ミツコさんは「この部屋、と思ってはいるんだけど」と今いる場所を指した。

「ブローチがもともとあったのは、隣の、そこに見えているドアの寝室なの。でもそれを持ってきて、つけようと思ったのはここなのよ」

「そのとき、ドアは開いてましたか？」

俺がたずねると、ミツコさんは「たぶん」と答える。

「だったら、転がって元の部屋にってこともあるかもな」

コウの言葉に、タキタが片手を上げた。

「ちょっと待って。そもそも転がりやすい形なのかも気になる。ミツコさん、そのブローチってどれくらいの大きさで、どんなデザインのものなんでしょう？」

「ええと、大きさはちょっと大きめで」

ミツコさんは片手の親指と人差し指で、大きめのクッキーくらいのサイズを示す。

「猫の形をしてるの。黒猫が丸くなって寝ているデザインで」

「丸っぽいなら、転がるかもですね」

「そうね。しかも素材がフェルト細工だから、落ちても音がしなかったわ」

なるほど。だったら落ちたと思われる部屋だけじゃなく、周囲をくまなく探してみるべきだろう。そんなに広いマンションじゃないし、いっそトイレやお風呂以外全部探すとか？

そんなことを考えていると、インターフォンの音があたりに鳴り響いた。

「びっくりした？　ごめんなさいね。少し大きくしておかないと、気がつかないかもしれないって言われてて」

ミツコさんはゆっくりと立ち上がり、壁にあるモニターに向かう。そして画面の中の人物を確認すると、ため息をついた。

「ヘルパーのナカタニさんが来ちゃったわ。今日は、コウちゃんたちが来るからゆっくりめに来てほしいって言ってあったのに」

「あ、お邪魔だったら別の日にしますか？」

タキタの言葉に、ミツコさんは首を横に振る。

「大丈夫よ。二度手間になったら申し訳ないわ。ナカタニさんが掃除している間は、違う場所を探してもらえばいいんだし」

慣れた様子で入ってきたナカタニさんは、「こんにちは」と挨拶する俺たちを見て軽く驚いた。

「お孫さんのお友達って、こんな大人数だったんですね」

「あ、すいません。私が来たいって言っちゃったので」

セラがえへへと笑うと、ナカタニさんも笑う。

「大丈夫ですよ。こちらは気になさらないでくださいね」

にこにこして感じのいい人だ。お年寄りに慣れているのか、声が大きくて表情がはっきりしている。

「じゃあミツコさん、私はお掃除を始めますね。今日は気になってるところはあります？」

「特にないわ」

「あの」

二人の事務的な会話に入るのは気が引けたが、一応言っておく。

「俺たちは、ミツコさんが落としたブローチを探すために来たんです。なのでナカタニさんも、それらしいものを見つけたら教えてもらえますか」

「そうなんですね！　やだ、ミツコさん。それは私にこそ言っていただかないと」

声を上げて笑うナカタニさんに対し、ミツコさんは「そうだったわね」と返す。

「じゃあ皆さん、私はお台所から始めさせていただきますね」

ナカタニさんは持ってきたビニールバッグから道具を取り出すと、キッチンの床に置いた。

＊

黒猫が丸くなっているデザインのブローチ。それを探すために、俺たちはまずリビングで行動のトレースをしてみた。

「ブローチがあった寝室からの動線上を歩いてみよう」

コウの意見で、ミツコさんに身長の近いタキタが当日と同じストールを借りて、寝室のドアからゆっくりと歩いてくる。

「このあたりですか」

ミツコさんがうなずくと、ソファーの手前で立ち止まって、ピンを留めるようにストールを胸元で合わせた。

「あっ」

と言って、ブローチのサイズに近そうな缶バッジを落とす。バッジは床でバウンドすると、右に向かってころころと転がった。そしてそのまま、壁際にある小さな棚の下に入り込む。

「いきなり正解出たんじゃない？」

そう言ってタキタが棚の下を覗き込んだ。しかし、すぐに残念そうな顔で立ち上がる。

「――ないや」

「棒とかで探ってみたら？　黒猫のデザインだったら、奥にあったら見えないかもしれないし」

セラの言葉にうなずいたコウが、掃除用の簡易モップを持ってくる。しかし、出てきたのは大量の埃(ほこり)だけだ。

「じゃあさ、この方法で全部の家具の下を探そう」

俺の提案で、みんなが床に這いつくばる。ミツコさんは他にも使えそうな棒を持ってきてくれて、それぞれがごそごそとやり始めた。しかし。

「ないなあ」

「こっちもないなあ」

やっぱり、出てくるのは大量の埃ばかり。そこで俺は、いつか読んだ探偵小説を思い出す。

「一つのスペースごと、潰してく方法もあるらしい」

「どういうの？」

タキタが埃をはたきながら立ち上がる。

「この部屋の床を小さいマス目に等分して、ひとマスを徹底的に調べて潰していくんだ。この場合は、床だけじゃなく上の方まで」

「えー、でも落ちたものでしょ。上は関係なくない？」

セラの文句に、俺は首を横に振る。

「ものを本当に探そうと思ったら、すべての思い込みを捨てるんだ」

「なるほど」

コウは納得したようにうなずいた。

「たとえばそのとき、引き出しが少しだけ開いていたら？　バウンドしたブローチがどこかにぶつかって予想外の方向に飛んで行っていたら？　あるいは、そもそも手が滑った地点が記憶違いでずれていたら？」

「ああ、記憶違いはよくあるかも」

私もスマホ、置いたと思った場所になくて慌てたりするもんね。セラが照れ臭そうに笑う。

ただ、さすがに引き出しを開けるのはまずい気がしたので、開いてなかったとミツコさんに確認が取れた場所は省くことにした。しかしそれを除いても、テーブルのカゴや窓枠の出っ張り、ソファーの肘かけやテレビの裏側など、探す場所は案外あった。

「部屋を立体的に見ると、探す面積が増えるんだな」

電話の載ったラックのはしごみたいな横の棒を確認しつつ、コウは埃のついた指先をふっと吹いた。


リビングからは見つからなかったので、次はブローチがもともとあった寝室に向かう。明るい柄の布がかかったベッドの脇に、鏡のついた化粧台がある。

「ここの引き出しから出したの」

「このお部屋もみんなで探して大丈夫ですか？」

タキタが聞くと、ミツコさんはうなずく。

「開けたのはこの引き出しだけど、特に貴重品も入っていないし、見てもらって大丈夫よ」

今度も、一度床を確認してからスペースを区切って潰していく方法をとった。ベッドの下、化粧台の下、隅にあるハンガーラックの下。

するといきなり、ベッドの下を探っていたタキタが声を上げた。

「あ！　もしかしてこれ」

慌てて近寄ると、タキタは何かを摑んだまま腕を引き抜く。

「いや絶対これでしょ」

言いながら、握った手のひらを開いた。しかしそこにあったのは、埃にまみれた何かのケースの蓋だった。

「あ、れ……」

「この埃が、フェルトっぽい感じを出してるんだよ！」

タキタは悔しそうに、埃をゴミ箱に捨てる。

「え。こっちにあったかも」

今度はコウが部屋の隅から何かを拾い上げた。が、それもまた埃にまみれた何かのケースだった。

「ああ、さっきの蓋とペアになるやつか……」

たぶん、薬のケースだったんだろう。二つをぱちりと合体させて、コウはつぶやく。

「にしても、埃が多いな」

そんなコウを、俺たちは同じような表情で見つめた。幸いミツコさんはリビングに戻っているし、ナカタニさんもキッチン付近にいる。それを見たタキタが、そっとドアを閉めた。

「――やっぱり、コウもそう思ってた?」

言いにくいことを言ったのはセラ。

「え、なに。今まで黙ってたの」

「うん。だって人の家でそんなこと言うの、失礼かなって。

でもさ、さっきから思ってたんだよ。ミツコさん自身は綺麗にしてるし、ミツコさんの手の届く範囲はぜんぶちゃんとしてた。でも、私たちが探してるようなところは掃除をぜんぜんしてないみたいに、埃まみれ。それがさ」

なんか、変だなって。最後の言葉に、タキタと俺もうなずく。

「高いところと低いところ。あと、深かったりしてミツコさんの目が届かないところ。そういうところが、放置されてる感じがした」

「そうか」

コウは少し考え込むように黙った。そしてふと、顔を上げる。

「――聞くけど、これは一般的じゃない?」

「ああ。汚いなら汚いで統一感があると思う。でもこれは」

俺は声をひそめる。

「これは、週に一回掃除されてるとは思えない」

今度はセラとタキタがうなずく。

「――さっき見て不思議だったのはさ、ナカタニさんはキッチンをちゃんと掃除してたんだよ」

タキタの言葉に、全員が「え」とつぶやく。

「埃、私は最初から気になってたからさ。あの人がサボってると思ってちょっと見てたんだ。でも生ゴミは捨ててるし、シンクも磨いてた」

「だよね。さすがに何にもしなかったら、ミツコさんだって気がつくと思うし」

セラが手を軽くはたいた。

「じゃあ――なんなんだ」

コウが首をかしげると、タキタが身も蓋もない答えを返す。

「やっぱ、手抜きでしょ」

だから、言い方。

「ナカタニさんは、ミツコさんの手の届かないところをメインに掃除するんだよね。でもさ、だったら生ゴミとかシンクは後でもいいんじゃないかな。むしろ私たちが今回手を入れたような場所をメインにやるべきでさ。でも、やった形跡がないじゃん」

「そして、ミツコさんにはそれを確認することができない――か」

俺がぼそりとつぶやくと、コウが何かに気がついたようにはっとした表情を浮かべた。

「もしかして」

「ん？」

「最近、よく呼ばれるのはそのせいだったのか」

コウいわく、電球を替えたときも、カサに埃がついていたらしい。

「ついでに拭いて、って言われたから拭いたけど。その前も、ソファーのある方の壁に絵を掛けたいって言われたとき、壁際にゴミが落ちてた」

「あー……それはよくないね」

タキタがため息をつく。そんなタキタの肩に乗っかるように、セラが手を回す。

「でもさ、まだナカタニさんが手抜きをしてたと決まったわけじゃないよ。これからこういうところもやるかもしれないし、ちょっと様子みてもいいかも」

それにまだブローチが見つかってないし。そう言われて、全員がうなずく。

*

残されたのは、玄関と水回り。水回りは掃除が終わっていたので、確認のためにそっちから行こうかとコウが言った。しかし、俺は疑り深いのであえて意地悪なルートを提案する。

「玄関にしよう。掃除前と掃除後を比べるんだ」

「おー、さすが名探偵風」

からかうようにタキタが言う。

「『風』かよ」

「うんうん。風、吹かせとかないと」

玄関は、マンションらしく狭い。だから入り口付近をコウと俺、上がってからのところをタキタとセラが見ることにした。

「でも、この辺はあんまり見る場所がないな」

コウの言葉に俺がうなずいていると、タキタが「靴をどけてみて」と言った。それに従ってシューズボックスの横に置かれていた靴を持ち上げると、その奥にやはり埃がたまっている。

「これ、そのままの方がいいな」

小さな声でコウに告げた。この状態が、掃除でどう変わるかを知りたい。

「あ」

セラが小さな声を上げる。その声に振り向くと、タキタが「こっちこないでいいよ」とつぶやく。

「あったけど、キッチンも見たいでしょ？　だったら、まだ見つかってないことにした方がいい」

その言葉に俺とコウは顔を見合わせて、やはり小さな声で「了解」と答えた。

そしてそのまま、まるでスパイのように俺たちはブローチを探すフリを続ける。


きりのいいところでキッチンに移動しようとしたとき、声が聞こえてきた。会話に入るのは悪い気がしたので、俺たちはドアが半開きのまま玄関の短い廊下にとどまる。

「ナカタニさん、ティッシュはどこ？」

ミツコさんがあたりをきょろきょろと見回している。

「そっちのテレビ台の端にあるじゃないですか」

「ものの位置は変えないで、っていつも言ってるでしょう?」

「もうミツコさん、厳しいんだから」

「厳しいとかじゃなくて。そういう約束をしてちょうだい」

ミツコさんはすごく真面目な表情で、ちょっと不穏な空気が流れた。けれどナカタニさんはにっこり笑ってうなずく。

「はい。わかりました。ちゃんとしましょうね」

「お願いよ」

「ええ。わかりますよ。ミツコさん、何か見つけられないと不安なんですよね。だからこうして、お孫さん達にも来てもらってるわけだし」

「不安とか、そういうのじゃないのだけど」

「いいんですよ。不安なときは不安って言ってもらえた方が、サポートしやすいですもの。もしや自分が認知症かもって、ドキドキしますよね」

認知症。そのフレーズにドキドキしたのはこっちの方だ。ちらりと、コウの顔を見る。真剣な表情をしていた。

(……まさか、な)

ミツコさんと接していて、ここまでそういう雰囲気は感じなかった。でも、物を探して苛(いら)ついている姿はちょっと、疑おうと思えば疑えるような。

「認知症ですって⁉」

ミツコさんが声を荒らげた。

「いいかげんなこと言わないで。不愉快だわ」

「あらごめんなさい。そういう意味で言ったわけじゃないんですよ。不安にさせちゃいましたね。ほんとごめんなさいねえ」

ナカタニさんは微笑みながら、ミツコさんの言葉を受け流す。けれどミツコさんはさらに続けた。

「孫のお友達も来てるのに、人聞きの悪いことを言わないでちょうだい」

「はいはい。わかりましたよ、ミツコさん」

「だから、そういう態度が」

「でも落としものなんて、私に言ってくだされぱいいのに。それも待てなかったんですか?」

「え?」

ミツコさんが、痛いところを突かれたような表情を浮かべる。

「わかりますよ。『ない!』って慌てちゃうの。それで衝動的に誰でもいいから呼びつけて。不安ですものねえ」

さてと、とナカタニさんは雑巾とモップを手に取ってこっちを向いた。

「みなさーん、玄関の方、お掃除してもよろしいですか?」

コウを見るとぼうっとしていたので、俺は慌てて返事をする。

「はい！　大丈夫です！」

「じゃあ、交代ですね」

ナカタニさんは、「タッチ交代！」と言いながら、にこにこと片手を上げて近寄ってきた。

俺がためらっていると、タキタが「こうた〜い！」と手を合わせに行ってくれる。助かった。

狭いマンションだから、ドアのない場所の会話は聞こえてしまう。だから俺たちは、目の前で交わされた会話について何も触れずにキッチンで捜索のフリを続けた。

やっぱり、埃はある。ストック食材を入れたラックの下や、食器棚と冷蔵庫の隙間。さっき掃除したはずなのに、と思わずにはいられない。

（ナカタニさんがこういうことをしてるって、ミツコさんは気づいてるんだろうか）

さっき見た感じだと、掃除を抜きにしても関係はうまくいっていないようだった。だとしたら、このことを伝えても問題はなさそうだ。

（ただ、どうするかだよな）

ここで面と向かって言うのか、それともナカタニさんが帰ってから言うのか。たぶん、帰ってからの方が無難な気はするけど。

キッチンの床にしゃがみ込んで考えていると、頬にふわりと柔らかいものが触れた。驚いて顔を上げると、セラが上から覗き込んでいる。

（びっくりさせんなよ）

小声で訴えると、セラはえへへと笑った。

(ここ終わりそうだから、今からトイレ行って、その帰りに見つけたふりするね)

セラはそのままコウとタキタにも囁くと、キッチンを出て行く。

そしてしばらくしてから、わざとらしい声があたりに響いた。

「あ～! こんなところにあった!」

脱力感がすごい。俺が黙っていると、タキタが俺とコウを「一緒に驚かないと!」と小声でどやしつける。

それもそうだ。なので俺たちは精一杯の演技力を振り絞って「マジか!」と声を上げた。

*

「ありがとう。私一人じゃ、絶対に見つけられなかったわ」

ミツコさんはブローチを胸のあたりで持って、俺たちに頭を下げる。

「え。いやそんな」

「別にたいしたことしてませんよ」

「こちらこそご馳走になってるし」

口々に言うと、今度はコウがぺこりと頭を下げた。

「俺一人でも無理だったと思う。ありがとう」

なんだよ照れくさいな。タキタとセラと俺は顔を見合わせてちょっと笑う。

「疲れたでしょう。お茶を持ってくるわね」

ミツコさんがキッチンに向かおうとしたところで、ナカタニさんが声をかけた。

「それじゃ私、今日はこれで失礼しますね」

「そう。ご苦労様」

「お孫さん達との時間、お邪魔しちゃいますもんね。それとブローチ、見つかってよかったですね」

ナカタニさんが俺たちに向かって笑ったので、コウが「はい」と言った。

「おばあちゃん、手先がおぼつかなくなったり、落し物が多くなったらすぐ教えてね。ケアマネさんとか、手配しなきゃいけないから」

「ナカタニさん、孫に余計なことを言わないで」

「あらミツコさん、周りの方々に知っておいていただくのは大事なことなんですよ。いつどうなるかわからないんですから」

「いつどうなるか――？」

また不穏な雰囲気が漂う。そんな中、タキタがすっと前に出た。

「ナカタニさん。ケアマネさんの手配ってことは、ミツコさんは介護保険下りてるんですか？」

「え？」

「私が見る限り、腰も肢体不自由ってほどじゃないし、お話もしっかりしていて、要支援1にも満たない感じですけど」

「え？　なんで、あなた――」

「あと、さっきから認知症の話題を何回か出されてますけど、ナカタニさんは介護福祉士の資格を持ってるんですか？」

　ナカタニさんは言葉に詰まって黙り込む。しかしタキタは、そんなナカタニさんにかまわずざくざくと切り込む。

「ナカタニさんが資格を持ってここに来てるなら別ですけど、現時点ではミツコさんはあなたからサービスを買ってるお客さんですよね。だったら、適当な知識で相手を不安にさせるのはおかしいですよ。このことでミツコさんが鬱（うつ）になって、それこそ認知症にでもつながったら責任取れるんですか」

「それは――」

　すげえな。俺とコウとセラは、ぐいぐい詰め寄るタキタを見て顔を見合わせる。

「資格、ないんですね。だったらこういう態度は問題だと思います。今後、言わないようにしてください。それにお掃除、足りてない部分がありすぎます。次回からちゃんとやってくださいね。ミツコさんから見えないからって、手を抜かずに」

　完璧に詰められて、さすがのナカタニさんも怒ったのか、反論に転じた。

「ていうかあなた、なんなの？　ミツコさんのお孫さんの友達でしょ？　関係ないのに、余計な口出ししないでちょうだい」

「関係？　この場合、私がどういう関係かなんて問題じゃないと思います。問題は、ナカタニさんの態度ですから」

「高校生が、何を言ってるの——？」

「だから、私が高校生かどうかは問題じゃないんですって」

まずいな。論点がずれてきて、もうちょっとしたらこれはただの喧嘩になる。止めないと。

そんなとき、背後からミツコさんがゆっくりと近づいてきた。

「よくわかったわ」

え？　という顔でタキタとナカタニさんが振り返った。

「タキタさん、ありがとう」

ミツコさんが二人に向かって頭を下げる。

「ナカタニさんも、いつもありがとう。感謝してます」

「え？　いえ、はあ」

「二人とも、私のことを心配してくれているのは、よくわかりました。でも大丈夫よ。なにかあったら、すぐに連絡しますから」

そう言われて、ナカタニさんもタキタもぎこちなくうなずく。

「じゃあ、ナカタニさんはお忙しいでしょうからこれくらいで。お引き留めしてごめんなさいね。ありがとうございました。お掃除の件は、また相談しましょ。タキタさんは探し物でお疲れでしょうから、ソファーにかけていてね」

さらさらと言われて、ナカタニさんはそのまま荷物をまとめて靴を履く。

「あの、ミツコさん」

「いいのよ」

ミツコさんがうなずくと、ナカタニさんは軽く頭を下げて帰っていった。それを見送ったタキタは、気が抜けたようにソファーにぼすんと腰を下ろす。

「こらこら。ひとんちのソファー」

セラにつつかれて、タキタははっと坐り直す。

「さて、あらためてお茶にしましょうか」

ミツコさんとコウがキッチンに行き、カップを持って戻ってきた。今度は普通の紅茶らしい。

「お菓子があるから、甘くない方がいいかと思って」

そう言って、カゴのようなものを出してくれる。

「好きなものを選んでね」

中を見ると、板チョコが何枚も入っていた。俺も見たことがある、明治の板チョコだ。

(懐かしいな)

小学生の頃は、これを一気食いするのが夢だった。でも今になってみると案外薄いし軽くて、余裕で食べきれそうだ。でも、ロイヤルミルクティーを出してくれたミツコさんにしては、板チョコそのままってちょっと雑なような。

「あ、これ可愛い！」

セラが一枚の板チョコを持ち上げて、みんなに見せる。

「猫がいっぱいいるよ」

明治の板チョコってそんなデザインだったっけ？　不思議に思っていると、タキタがカゴの中を探って言った。

「すごい。これ、全部デザインが違う」

「マジか」

思わず覗き込むと、タキタがそこから一枚をつまみ出す。

「ていうかコウは絶対これでしょ」

汽車が煙を上げて走っているパッケージ。鉄オタのコウにぴったりだ。

「で、アラタはこれ」

そう言って渡されたのは、謎の宇宙人的生物がデザインされたもの。ん？　いやこれは宇宙人というより。

「クトゥルフ――⁉」

いやいや、そんな。まさかど定番の板チョコにラヴクラフトのキャラクターなんて、マニアックすぎてありえない。でも気になる。気になりすぎたので、スマホで検索してしまった。すると、なんと本当にクトゥルフらしい。

いや、明治、すごいな。

「タキタは何にするんだ？」

コウがたずねると、タキタは針と糸のデザインを選び出す。

「前にさ、仕立て屋のアニメ見たんだよね。それ、すごいよかったから」

「みなさん、気に入ったものはあったかしら？」

ミツコさんが紅茶用の砂糖とミルクを持ってきてくれた。

「これ、すごいですね！」

何種類あるんですか？　セラがたずねると、ミツコさんは片手を開いてみせる。

「確か、五十種類って書いてあったわ。それで面白いと思って買ったの」

「五十種類！」

タキタが板チョコをぱきんと割った。

「バレンタインデーも近いから、なんでしょうね」

流行りに乗っちゃったわ。ふふふと笑うミツコさんを見て、ようやくコウがほっとした表情を浮かべる。

「それにしてもタキタさん、さっきはありがとう。親戚の方が介護のお仕事をされてるって言っていたけど、あなたもとても勉強されたのね」

これには俺たちも驚いたので、コウとセラと三人でうんうんうなずいた。

「いや、そんな勉強はしてないですよ。ただ、見学に行ったときに色々話を聞いただけで」

「でも、介護保険？　とかめっちゃ詳しかったよね」

セラの言葉に、タキタはチョコを頬張りながらもごもごとつぶやく。

「それはさ、ちょっとびっくりしたからだよ。私、ああいうホームって希望すれば誰でも入れるもんだと思ってたから」

それが介護保険の資格？　みたいなものの有無なんだろう。

「手助けが必要なくらい、どこかが不自由じゃないと入れないところが多いんだよ。もちろん、お金があれば解決する問題ではあるんだけど」

「そっか。難しいね」

セラがしゅんとした表情で包み紙をいじる。けれどタキタはミツコさんに向かって言った。

「だからミツコさんは、まだまだだなって思いました」

「あら」

「腰が痛いとコウ――くんから聞きましたけど、おうちの中で不自由はなさそうだし、なによりすごくしっかりされてますよね」

「しっかり？　してるかしら」

微笑むミツコさんを見て、タキタは言葉を選ぶように口ごもった。なので、俺が代打に出る。

「あの、違ってたらすいません。ミツコさんはブローチをわざと落としたんじゃないですか」

「なんでそう思ったの？」

「ブローチが落ちていそうなところは、ぜんぶナカタニさんの掃除が行き届いていない場所でした。あと、最終的にブローチを見つけた場所も不自然で」

「え。不自然ってどういうこと?」

見つけた当の本人のセラが首をかしげた。気づいてなかったのかよ。

それをコウがフォローする。

「セラ。ブローチが落ちてたのは詳しくいうと、どこだった?」

「玄関マットの脇。壁際に近いところ、かな」

「それさ、上から見たら見えるよな」

「あ! そうかも。あれ? でもなんで?」

そうだ。あのとき、おそらくセラ以外の俺たちは全員が「なんで」と思った。見えてるじゃん。立っててもわかる場所じゃん、と。

「しかも、今日は最初からブローチを探すっていう目的があって来たから、入ったときから床はなんとなく見てただろ」

「うん。そうだよね。玄関の脇だったら、すぐ見つけてもおかしくない」

「でも、誰も気がつかなかった」

それはどういうことか。コウが、ミツコさんをまっすぐ見た。

「ばあちゃん。あれ、俺たちが入ってから落としただろ」

*

ミツコさんは、真面目な表情でコウを見返す。でも、すぐに崩れた。

「バレちゃった」

「ばあちゃんさあ」

「ごめんなさい！　でもタキタさん、本当に名探偵ね」

確かに、今日のタキタは色々な意味で冴えている。するとタキタは照れ臭そうに笑う。

「いやあ、それは私がミツコさん役をやったからですよ」

「どういうこと？」

「最初に、ブローチを落とした流れをトレースしましたよね。あのときブローチをつけようとしたストールを貸してもらいましたけど、あれ、布地が厚かったんです」

「そうだっけ？」

言いながら、セラが背後にかけてあったストールを手に取る。

「あ、ホント！　結構厚め」

布地の厚さが何に関係するのかわからず、俺とコウはぽかんとしたまま話を聞くしかない。

「寒い日だったから、それを選んじゃったのよねえ」

「選んだけど、もとからブローチはつけるつもりじゃなかったってことですよね。だってほら、この生地を二枚重ねてみたら」

セラがストールを肩にかけ、前で合わせてみせた。そこに、タキタがテーブルの上のブローチを取って針を出す。

「留められないんです」

あ。俺とコウは思わず声を上げた。そんな俺たちに向かって、セラが説明してくれる。

「こういう厚手のストールってあんまりピンで留めないし、もし使うならもっと針の部分が大きい安全ピンみたいなものを使うと思うよ」

なるほど。確かに落としたブローチのピンは缶バッジと同じような細い針金タイプのものだ。

「――刺そうとしても、折れるだろうな」

布地とピンを見比べて、コウがつぶやく。

「このことから、まずブローチを落としたというのは違うと思いました。そして目につきやすい場所に落ちていたのは、後から落としたから」

「お見通しね」

「それでわかった。ばあちゃんは、ここのところよく俺に連絡してきてただろ。それはナカタニさんが仕事をしてないことに気づかせたかったからだ。でも俺はそういうのに鈍いから、一つ一つの事例でしか判断してなかった。で、一番わかりやすい方法をとった。ナカタニさんが来る日に、汚れた床を見せる」

「よくできました」

ミツコさんが、ぱちぱちと拍手した。けれどコウはばきりと板チョコを折る。

「よくできました、じゃないよ。なんではっきり言わないんだ。言ってくれれば、すぐにわかったのに」

「そうね、ごめんなさい」

ミツコさんは素直に頭を下げる。

「特にお友達の皆さんには、ご迷惑をかけてしまったわ。汚れた場所を触らせてしまって申し訳ありません」

深々と頭を下げられて、全員が慌てた。

「いやだってそんなことないです！　私がコウくんにおばあちゃんのおうちに行きたい、って言ったんだし」

「そうですそうです。なんか楽しそうって乗っかっちゃったし」

「俺も『失せもの探し』に興味があったからついてきちゃって」

わあわあ騒ぐ俺たちに、今度はコウが頭を下げる。

「でもマジでありがとう。俺、察するのとか超苦手だから、下手したらこの埃を見ても気がつかなかったかもしれない」

「……あー、ね――」

否定しきれないので、これまた揃って言葉を濁す。

「もし次に何かあって、コウくんが気がつかなかったら、いつでも私たちを呼んでください！」

セラと一緒にタキタがうなずく。

「本当にありがとう。ぜひ、そうさせてもらうわ。実際、言ってもらえて助かったのよ。私がナカタニさんに文句を言っても、あんな感じでいなされてしまうし」

「あの人は、お年寄りを下に見てる感じがしましたね」

俺がいうと、ミツコさんは紅茶のカップを持ったままため息をついた。

「そうなのよ。悪い人ではないと思うのだけど、問題があってもこちらを『困ったおばあちゃん』扱いして、それで乗り切られてしまうところがあって」

わかる。ナカタニさんの言う「ミツコさん」は、俺たちが呼ぶ「ミツコさん」とは違う。あれは、ミツコさんが恐れていた「お年寄りを子供扱いする人」のやり方だ。

「ああ、あれが……」

コウもようやく理解したらしく、むっとした顔をする。

「ばあちゃんが何言っても、年のせいにしてたな」

「だね。それで認知症とか言い出すから、我慢できなくなったんだよ」

タキタの気持ちはよくわかる。俺も、あれはひどいと思った。

「にしても詰め方エグすぎだろ」

俺が言うと、みんなが笑った。

「えー、でもさでもさ」

「オタクの語彙力凄すぎ問題」

「アラタだって、オカルト好きすぎでしょ。失せもの探しって、京極堂（きょうごくどう）か」

「二人とも、仲良くして」

笑いながらミツコさんが突っ込む。紅茶はうまいし、板チョコも懐かしうまい。部屋はあったかくて、なんかいい。

なんかすごく、いいな。

*

「ホントに呼んじゃうわよ？」

帰り際、ミツコさんは何度も念を押すように言った。そしてそのたびにセラが「いつでもオッケーです！」と手を上げる。

「もう道も覚えたし、なんなら私一人でも！」

「いやそれはちょっと」

コウが微妙な表情でセラを見た。

「え？　そう？」

「だって——俺のばあちゃんだし」

それを聞いたミツコさんは、今日一番の笑顔を浮かべる。

「コウちゃん、ありがとう」

恥ずかしくなったのか、コウはちょっと下を向いてうなずいた。

「いつでもＬＩＮＥくれていいから」

夕暮れの道を歩きながら、考える。

人はいつか死ぬ。それは決まってることだけど、どうやら死ぬまでには結構色々あるっぽい。たとえば死ぬ直前まで自由にするのは案外難しそうだとか、弱さにつけこんでくる奴も多そうだとか。

（まあそれも、長生きできたらの話だけど）

そもそも、俺は年寄りになれるんだろうか。万が一なれたとして、どんなじいさんになるんだろう。

手を、じっと見る。この手がいつか、ミツコさんのように皺の寄った手になる。そのとき俺のそばには、コウのような孫がいるんだろうか。

「にしても、不思議だな――」

「ん？」

先を歩いていたセラが、コウの声に振り向く。

「ばあちゃん、元々は負けず嫌いではっきりものを言うタイプなんだよ。頭もいいし」

「ＬＩＮＥの返信、早かったもんね」

「普段のばあちゃんだったら、ナカタニさんなんて簡単に言い負かせると思う。けど、やっぱり認知症とか言われると自信がなくなるのかな」

以前より弱くなったのかもしれない。そうつぶやくコウ。

(――何か、大事なことを忘れてる気がする)

俺は今回の件をもう一度考え直してみる。

まず、ミツコさんはナカタニさんに困ってる。掃除が手抜きで、しかも態度もイマイチで。

そういう場合、まずは孫より先にナカタニさんの派遣先に文句を言うものじゃないだろうか。

タキタもミツコさんはお客さんだと言っていたし――。

(あれ?)

お客さんはお客さんだけど、確かコウの話だと。

「わかった!」

急に大声を出した俺を、全員が振り返った。

「なにアラタ。閃(ひらめ)いた?」

セラに言われて、俺は激しくうなずく。

「ミツコさんはナカタニさんの会社のお客さんだけど、お金を払ってる人じゃないんだ」

「ん? どういうこと?」

「つまり、契約したのは違う人ってことだよ。だからミツコさんはナカタニさんが嫌でも、はっきり言えないんだ」

コウは驚いたようにネックウォーマーを下げて俺を見た。

「――母さん?」

「そう。二人は仲が悪いって言ってただろ? 仲の悪い娘が手配してお金を払ってくれてるからこそ、ミツコさんは言いにくかったんじゃないのか?」

俺の意見を聞いたタキタが「あー!」と声を上げた。

「きっとそれだー! だからミツコさん、コウからコウのお母さんに伝えて欲しかったんだよ」

「さらに難易度高いパターンだな。俺にはわからない」

「じゃあ説明しよう! この問題には二つのルートがあるのだ」

タキタがいつものタキタらしく、偉そうに二本の指を立てる。都合よく風まで吹いてきて、タキタのマフラーがはためく。なんか出来上がってんな。

「もし本当に仲が悪かった場合、ミツコさんがナカタニさんの文句を言っても、聞き入れられない。それか『文句あるなら自分でやって』って放り出される。あるいはナカタニさんがしたみたいにいなされて、『やってもらってワガママ言わないで』のパターン。

で、そこまでじゃなくて敬遠してるくらいの関係だったら逆に『手配してもらったのに悪いわ』って言い出せない。向こうも気にしてても、ミツコさんが『大丈夫よ、ありがとう』って言っちゃう」

「おお、わかりやすい」

コウがぱちぱちと手を叩く。

「たぶん後のほうのパターンだろうな。母さんも、気が合わないから距離を置いてつきあうって言ってたし」

「ならよかったじゃん。コウが今日のナカタニさんのことをお母さんに伝えて、担当の人を替えるとか、会社を替えるとかしてもらえばいいんだよ」

セラが盛大に白い息を吐きながら笑った。

「そうか――なるほど」

コウは自問自答するように何度もうなずく。

「みんな、ありがとう。俺、心からそういうの苦手で」

「心から、ってこの流れで使う?」

タキタが声を上げて笑う。

「いや、実際それで母さんとばあちゃんは衝突したことあるんだ。俺が――その、発達障害っぽいから」

うん、知ってた。だから言われても、わりと驚かない。

「一応確認しとくけど、発達障害なのか?」

「違うとも言い切れない感じの、グレーだな。配慮してもらうほどじゃないけど、こだわり強め」

本人は真剣な表情だけど、俺たち的には何を今さら、という雰囲気だった。

「母さんは聞かされたときショックで、ばあちゃんはそれでこそコウちゃんでしょ、みたいな感じだったから大げんかになったらしい。まあ、ばあちゃん的には『天才肌』みたいに捉えてたのかもだけど」

「ああ、そういうのあるよね。『病気』と見るか『個性』と見るか、みたいな」

「まあ結局診断は下りなかったから母さんも落ち着いたけど、それ以来うまくいってないって父さんが言ってた」

コウはぼそりとつぶやく。

「――俺のせいで仲悪くなったんだよなあ」

冷たい風が吹き抜ける。

「いや、違うだろ」

その風に抗うように顔を上げて、俺は言った。

「二人とも、コウのことが好きすぎてケンカしたんだ。それだけのことだよ」

「え？　そういう解釈？」

「そうだよ。だってお母さんはコウのことを心配しただけで、ミツコさんはそのままのコウを受け止めようとしたんだろ。どっちもコウのことを大切に思うから、そうなっただけだ」

「あー、ホントそうだね。コウ、めっちゃ愛されてる！」

セラがふふふと笑う。

「だってほら、コウはこういう話をしてもお母さんのこと悪く言わないし、ミツコさんのことも大好きじゃん」

「まあ――そう、かもな」

セラにつられたのか、コウもちょっと笑った。

「ていうかさ。こだわり強めのクセ強め。それ、何が問題なの？」

セラがタキタを見ながら言う。

「ちょ、なんで俺を見るよ⁉」

「同じじゃん」

マンガのように騒いでいたタキタが、くるりとコウを振り返る。

「でもさ。ミツコさんはそういう『察しない、気づかない』コウも、嬉しかったんじゃないかな」

「なんで」

長めのマフラーが、再び夕日の中にはためく。それはまるで、アニメのヒーローのように。

「だって言葉通りにしか受け取らないから、理由があれば何度も会えるし」

確かに。俺はつい笑ってしまう。

「来るのめんどくさがらないし、言われたことやってくれるし。いい孫仕草やってるよ」

「孫仕草って、なんだよ」

コウが笑いながらタキタを追い抜く。

「あのさ、ちょっとそこのコンビニで買い物してくるわ」

すぐ戻るからみんなはそこで待ってて。そう言い残して、コウは自動ドアをくぐった。そして言葉通り、すぐに出てくる。

「手を出して」

コウは袋の中から何かを取り出すと、一人ずつ手のひらに渡していった。

「今日のお礼」

見ると、小さな正方形が手に載っている。

「あ、チロルチョコ」

セラが嬉しそうに指でつまんだ。

「友チョコ、ってやつだから」

それ、男と男でもいいのか。そんなことを思いながら、白黒の牛柄のミルクチョコを見つめる。安いけど、うまいんだよなこれ。さっきの板チョコに続いて懐かしい菓子だ。

「あれ？」

さっそく食べようとしたところで、セラが不思議そうな声を上げる。

「ちょっと待って。サイズ違くない？」

そう言って、自分のチョコとタキタのチョコを手の上で並べた。すると、確かにタキタのチョコの方が少しだけ大きい。なんだこれ。

「しかも味もおいしそう。ガトーショコラだって」

タキタも不思議そうにコウを見る。するとコウは、「ちょっと上乗せ」と言った。

「ばあちゃんのこと、かばってくれたから。ほんのちょっとだけど、お礼多めで」

それを聞いたタキタは、照れ臭そうに口を尖らす。

「まあ？　そういうことなら？　受け取らないでもないかなあ」

そんなタキタを、コウはまっすぐ見た。

「――なに」

「いや。もしなら、この口元に免じて、とか言おうかなあと」

「はああ⁉」

真っ赤になったタキタが、「意味わかんない」と背中を向けて歩き出す。それを追いかけながらコウが「ほら推しの概念！」と叫ぶ。なんだかなあ。

手持ち無沙汰になったので、チロルチョコを口に放り込む。甘い。甘くてうまい。

スマホで調べてみると、どうやらチロルチョコには二つのサイズがあるらしい。

一つめは、俺とセラに配られた元々のチロルチョコのサイズ。これは駄菓子屋以外では主に袋売りになってる。そしてもう一つは、コンビニで単品売りするためにバーコードをつけた少し大きめのサイズ。コウは、これをタキタに渡したのだ。

（へえ）

コウのことだから、言葉以上の意味は持たせていないと思う。でもこの「ちょっと」は、「ちょっと」かな、と思ったりもする。

「あのさ」

不意にセラが俺の耳に口を寄せた。

「――なんだよ⁉」

「今日、実験でタキタが缶バッジ落としたの、覚えてる？」

「あ、うん」

「あれ、こないだ部室でコウとアラタに見せた人のグッズだったんだよね」

「そうなんだ」

口元がコウに少し似ている、一推しの声優。それが何か？　意味がつかめないままでいる俺に向かって、セラは「ここで問題です」と言った。

「えっ？」

「タキタみたいなオタクが推しの、それも一推しのグッズを実験に使うでしょうか？」

「鑑賞用と保存用、好きなら同じものを二つずつ買うようなタキタが、下に落としてもいいと思うのは？」

「それはつまり――」

別にそこまで、その声優のファンじゃないということだろう。

「んん？」

するとそもそも、コウと俺に見せた時点でファンというのは嘘だったことにならないか。だとすると、導き出される答えは。

「なんだろうねえ？」

オレンジ色の逆光の中に、セラが軽く走り出す。

長く伸びた影が、俺の足元に触れる。

俺はネックウォーマーに顔を埋めて、白い息に溺れた。

バカみたいにウケない

部活を文化部にしたのは、体育会系の上下関係が怖かったから。

「マジで先輩怖いし。アラタは部活、慎重に選べよ」

俺は兄ちゃんにそう言いきかされてきた。

中学校の頃、背が高いというだけでバレーボール部に誘われた兄ちゃんは、そこが勝敗より
プレー自体を楽しませようとする雰囲気もあって楽しくバレーを続けた。そして高校でも同じ
ように身長を理由に誘われたバレー部に入ったのだが、それが間違いだった。のだと言う。

「本気なのはわかるけどさ。バレー以外の部分が厳しすぎるんだよ」

中でも辛かったのが、先輩やコーチとの関係だったらしい。あまり多くは語らなかったけど、
理不尽なことがあったと聞いた。

「バレーは好きだったよ。でもなんか、俺の好きなバレーじゃなかったんだよなあ」

高校の部活においては、兄ちゃんの方が少数派なんだと思う。でも俺は、兄ちゃんの考えの

方が好きだった。無理せず楽しく遊ぶなら、スポーツだって悪くないかもと思えたし。

だから俺は高校に入ったとき、リスクを避ける意味で運動部は除外した。文化部の中でも喫茶部を選んだのは楽そうだったのと、そもそも自分の趣味が学校の部活には存在しない類(たぐい)のものだったから。そして幸いなことに同学年の奴らにも恵まれ、俺はのほほんとした部活を楽しんでいた。はずなのだが。

「そこのおやつ部!」

いきなり三年の先輩に呼びつけられた。なにこれコワイ。

「先輩、体育会系みたいっすよ〜」

タキタが笑いながら立ち上がる。そもそも体育会系だったら、もう部活なんて引退してるはずなんだけど。でものどかな文化部的には、進路の決まった三年生が遊びがてらしょっちゅう来ている。

「いいからこっち来てくんない?」

おいでおいでの手つきに誘われるように、セラとコウがふらふら近づいていった。ついでに、俺も。

「あのさ、ちょっとクイズに参加してほしいんだけど」

そう言ったのは、女の先輩。あんまりつきあいがないから名前をはっきりと覚えてない。テラ、なんとかさん。

「テラウエ、私用で後輩使うなよ」

あ、そうそう。テラウエ先輩。でもって、横で名前を言ってくれた男の先輩は――。

「おやつに関することだし、いいでしょ。シマダ、厳しいこと言わない」

シマダ先輩。だよなあ。人の名前を覚えないわけじゃないけど、喫茶部は縦も横もつながりが薄いから、同じジャンルじゃない限りつきあいが薄い。

(テラウエ先輩は確かスタバ系グループで、シマダ先輩は純喫茶専門だった気がする)

でも学年が一緒だから、仲がいいのかな。それとも同じクラスとかだったっけ。

「クイズってなんですかあ」

セラがたずねると、テラウエ先輩はシマダ先輩のスマホを指差した。

「今から画面に出る菓子を、当ててみてほしいんだ。前提条件として、ケーキや高級なものは出ないから。スーパーやコンビニで手に入るものばかりだよ」

その言葉に従って、シマダ先輩が写真のフォルダを開く。するといきなり、白い画面に三角っぽいシルエットが浮かび上がった。

「三角――じゃない、下にギザギザがある。てことは、アポロ！」

タキタが答えると、シマダ先輩はうなずいて次の画面を出す。今度も三角。だけどちょっと角が丸っこい。

「あ、おにぎりせんべい？」

セラのつぶやきに、テラウエ先輩は「へえ」と声を上げた。そしてさらに画面は続き、出てきたのはパッケージの一部がクローズアップされたもの。濃い茶色の上に金の線が引かれて

――ってこれ、ミツコさんの家で貰ったやつだ。

「明治の板チョコ」

思わず答えると、シマダ先輩が「やるなあ」と指を動かした。その次に出てきたのは、誰かの指がつまんだ薄いせんべいのようなもの。色は薄い茶色で、二枚重なっている。

しばらくの間、全員が「ん～?」と首をひねった。けれどコウが「あ」と画面を指差した。

「これ、縁にプツプツした気泡みたいなものがあるな」

「薄くて、気泡――」

つぶやきながら、セラが頭を抱える。

「なんか知ってる。食べたことあるんだけど、名前が思い出せない!」

「それ、どんな味?」

タキタの質問に、セラは「甘いやつ」と答えた。

「甘くてパリパリしてて、大きいのもある。クリームが挟まってて」

するとコウが「わかった」と画面を指差す。

「炭酸せんべい」

「え。炭酸ってコーラとかの?」

俺の言葉に、コウはうなずく。

「そのしゅわしゅわした気泡が、お菓子を膨らませたりするんだよ」

「あ、それ知ってる。ベーキングパウダーみたいに使うんだよね」

うちのお母さん、炭酸水で揚げ物の衣作ってたよ。タキタが言うと、セラが「なにそれ食べてみたーい」と声を上げる。

「ちなみに炭酸せんべいはもともと、温泉地で炭酸泉っていう天然の炭酸が溶け込んだ水が出るところなんかでよく作られてる。有名なのは有馬温泉だけど、ここへつながるのが神戸電鉄の有馬線で、勾配がきついから山岳路線としても知られてて——」

コウの鉄オタ知識が止まらなくなってきたところで、セラが「でもちょっと違う気がする」とつぶやいた。

「確かにこの挟んでるところは炭酸せんべいっぽい味なんだけど、名前がもっと洋風だったような」

するとタキタが「あ」と声を上げる。

「ゴーフル？　クリーム挟んであって、大きいのもあって」

ああ、そうそう。ゴーフル。そんなお菓子あったよな。しかし俺の頭には、小さな疑問が浮かんだ。

「でもゴーフルって、その辺で売ってるかな。なんか高級な缶入りのイメージなんだけど」

「そういえばそうだね。これは小さいし、『ゴーフルっぽいお菓子』ってことなのかな」

タキタの言葉を聞いて、コウが自分のスマホを取り出す。そして「ゴーフルっぽいお菓子」と打ち込むと、画像を先輩たちに見せた。

「ロアンヌ、が近い気がします」

するとテラウエ先輩がうなずきながら「ほら」とシマダ先輩を見る。

「やっぱここが適任でしょ」

「まあ――そうだな。確かに」

適任？　――って何に？　俺が首をかしげていると、タキタがそれをそのまま口にした。

「私たち、何かに向いてるんです？」

「うん。お菓子クイズの解答者」

テラウエ先輩がにっこりと笑う。

「お菓子クイズって、テレビ番組とかの『ジャンル別オタククイズ』みたいなやつですか？」

俺がたずねると、セラが急に慌てる。

「え～？　テレビ？　映っちゃったらどうしよう」

「いや俺も無理。無理寄りの無理」

だからタキタ、また「俺」って言ってるし。まあでも俺は？　頼まれたら出なくもないかも？　だけど。

しかしそんな俺たちに、テラウエ先輩は言った。

「早まるなおやつ部。テレビじゃない」

「え？」

「君たちにチャレンジしてほしいのは、ここで出題されるお菓子クイズだ」

シマダ先輩はスマホで新たな画面を立ち上げて、俺たちに見せる。

「――インスタ？」

タキタのつぶやきに、テラウエ先輩がうなずいた。

「そう。インスタライブで、お菓子のクイズがあるの」

インスタ。もといインスタグラム。写真や動画メインのＳＮＳ。あるのは知ってるし、芸能人のとかをちょこっとのぞいたことはあるけど、やってないからよくわからない。なぜなら、オカルト系はツイッターや普通のサイトの方が多いから。

「インスタライブって、どんなんだっけ」

思わずつぶやくと、セラが「メッセージが送れる参加型の配信ライブみたいな感じ？」と言った。

「ああ、ニコ動みたいなやつか」

言い終わらないうちに、タキタにどつかれる。

「その比喩、痛いやつだから！」

「え？　そう？」

首をかしげると、セラまで深くうなずいていた。マジか。

「ごめん。それより俺、インスタとTikTokの差がよくわかってないんだけど」

コウの言葉に、セラが「まあ、私も詳しくはないけど」と説明する。

「ざっくり言うと、TikTokは動画メイン。アカウントがなくても見られて、インスタは動画と写真両方。見るにはアカウントが必要って感じ」

なるほど。TikTokはほとんど見ないから勉強になった。

「でもトップ画面だけなら、アカウントなくてもいけるけど」

タキタがぼそりと追加する。ん？　それを知ってるって、もしかして。

「タキタも、そっち系見ないんじゃね？」

俺が突っ込むと、悔しそうな表情を浮かべる。

「……オタクがテキストメインになりがちなのは、アラタが一番よく知ってるでしょうが」

「あー」

「ていうか、そもそもこっちの主戦場はpixivなんだよ！」

言われて納得。マンガやイラストがメインのpixivは、確かにタキタのフィールドだろう。

「ちょっとおやつ部。その先の話聞いてくんない？」

テラウエ先輩に言われて、俺たちは再びシマダ先輩のスマホに目を向けた。

「お菓子のクイズを出してるのは、インスタでそこそこ有名な『幸雄（ゆきお）』っていう男の子。不定期にインスタライブでそのクイズをやるんだけど、私たちはそれに勝ち残りたいんだよね」

『幸雄』を自分のスマホで検索すると、確かに有名らしくすぐに名前と顔の画像が出てきた。

おお、かっこいいな。

「その人、何をやってる人なんですか？」

セラの質問に、シマダ先輩が「純喫茶巡り」と答える。

「昭和っぽいレトロな服を着て、その服に似合う純喫茶に行くんだ」

すげえかっこいいよ。そう言って写真をスライドした。白いスーツを着た幸雄が、さくらんぼの載った懐かしい感じのクリームソーダを前にポーズを決めている。照明はオレンジ色っぽくて、陰影が濃い。なるほど、世界観が出来上がっている。

「幸雄は色んな純喫茶に行くんだけど、たまにフォロワーを招待して、その人と一緒にお茶したりもするんだよ。で、そのフォロワーを選ぶ方法がクイズなわけ」

「あーなるほど。二人は、選ばれたいんですね」

コウがよくわかったという表情でうなずく。でもその言い方。

「シマダ先輩は純喫茶好きだからわかりますけど、テラウエ先輩も、この人のフォロワーなんですか？」

セラがたずねると、テラウエ先輩は「まあ、ね」と曖昧にうなずいた。

「で、このクイズっていうのが、さっきみたいなやつなんだ」

「傾向としては、スーパーやコンビニで買えるようなお菓子。中でも昭和っぽい、懐かし系が多いかな」

二人の説明を聞いて、うなずきつつも疑問が浮かび上がってくる。

「でもこれ、誰でも知ってるお菓子が多いですよね。だったら俺たちじゃなくてもいいんじゃないですか」

するとテラウエ先輩が、かぶせ気味に「ダメなの」と言った。

「わかるだけなら、私たちだって時間をかければわかる。でもこれはライブで、他にもライバルがいる。言ったら早押しクイズなんだよ。速くなきゃ、勝てないいんだよ」

なぜかアスリート的な物言い。そういうのが苦手で、喫茶部を選んだはずなんだけど。

「えーと、つまりインスタライブで出されたクイズに、その場でメッセージを返す形でクイズ大会が行われてると」

「そういうこと。だから次のクイズのときに、おやつ部の力を借りたくて」

なるほど。クイズ番組に出るわけでもなく、ただインスタの画面のクイズに答えればいいんだから楽だ。皆そう思ったのか、口々に「いいですよ」とか「大丈夫っす」と答える。

「ところで、それっていつなんです？」

俺がたずねると、シマダ先輩は初めてちょっと口ごもった。

「――今週末。土曜日の午後」

「え？」

「それ、もう明後日じゃありませんか」

タキタとセラが突っ込むと、シマダ先輩は両手を合わせて頭を下げる。

「悪い！　でも頼む！　今回だけは勝ちたいんだ」

俺たちは思わず顔を見合わせた。

今は三月。そして相手は三年生。とどめに「今回だけは」と言われたら、もう、断れない。

たとえここが、文化部であろうとも。

*

週末を迎えるにあたり、俺たちはトレーニングめいたことをしてみた。帰り道にスーパーやコンビニに行って、今売られている商品をチェック。そしてスマホでお菓子会社のサイトを見て、今まで販売されたものを見てみたり。

シマダ先輩は「基本的に乾いた小さめのものしか出てこなかった」と言っていたので、ケーキやアイス、それに菓子パン系は除外しておいた。

そして前日である金曜日。俺たちはいつも行く店より少し離れた場所にあるスーパーに来ていた。スーパーと一口に言っても、系列が違うと品揃えも結構違う。

「えー、こんなのもあるんだあ」

見て見て、とセラが袋を持ってきた。

「なにこれ、見たことない。『和菓子アソート』って」

タキタの読み上げた名前に俺は首をかしげる。

「和菓子って、袋で売ってるんだ」

なんとなく、店頭で一個ずつ売っているイメージがあった。

「商品名じゃない袋って珍しくないか」

コウに言われて、なるほどと思う。

「でもこないだの炭酸せんべいだってそういう感じじゃない?」

セラの言葉に、全員が「ああ」とうなずいた。

「昔ながらのお菓子は、お菓子の名前そのものが商品名になってるのかもな」

商品の棚を見ながらコウが言った。

「ところで『アソート』って、中は何が入ってるんだ?」

俺の質問に、セラが「えーとね、ちっちゃいおまんじゅうとかちっちゃいどら焼きとか」と答える。

「懐かしいなあ。おばあちゃんちでしか見たことなかったんだけど、こういうとこにあったんだー」

そんなセラの言葉に、タキタがうんうんとうなずく。

「あー、そういえば私も小さい栗まんじゅうとか食べたことある。いとこがホームのお年寄りから貰ったやつ、わけてくれたんだよね」

つまり、主にお年寄りが買うジャンルのお菓子なのか。世の中には、まだまだ謎に満ちた世界がある。

「ていうか、ちっちゃいのって可愛くない?」

セラが言うと、タキタがうなずく。

「わかる。このサイズ感、ドールやフィギュアに供えたい」

いや、「供える」って。俺が心の中で突っ込んでいると、セラが「私、これ買ってく!」とその袋を抱え込んだ。

「コンビニはまだいいけどさあ、スーパーって品数すごくない？」

タキタがぼやくと、コウがうなずく。

「コンビニはあえて品数を絞ってるからな」

セラが「ドンキみたいなとこも入れたらもっと増えそう」と言うと、タキタが頭を抱えた。

「見せられたのは偶然わかったけど、本番にちゃんと正解する自信がなさすぎる！」

「最悪、隣で検索しながら答えるしかないかなあ」

俺がつぶやくと、セラが「全員で調べたらいけるかな？」と首をかしげる。

「ライバルがどれくらいいて、どれくらいの速さで答えてるかにもよるな。純喫茶ファンがライバルだとすると、スーパーのお菓子には詳しくないかもしれないし」

コウの分析に、セラが再び首をかしげる。

「あのさ、コウ。たぶんだけど、幸雄のフォロワーって純喫茶ファンだけじゃないと思うよ」

「えっ？」

「見た目っていうか、芸能人的に好きな人が多そう」

セラは、コウ以外の全員が思っていたことを口にした。

「マジか」

コウは心から驚いたようで、目を丸くする。

「だからライバルは、かなり多いと思うんだよねえ」

「となると数字の裾野は広がるな」

だからシマダ先輩たちは、俺たちに声をかけたのかも知れない。

＊

土日に全員予定がない、暇人の集まり。とは言い切らないでほしい。少なくともコウには予定があった。

「ホントはさ、今日ばあちゃんとこ行く予定だったんだ。でも夕方にずらしてもらった」

「あ、私もミツコさんち行きたい！」

元気よく手を挙げたセラが、タキタと俺をちらりと見る。わかる。言わないでもわかるぞ。それは「ダメかなあ？」だろ。

「――俺は、暇だけど」

実際、家にいてもパソコンで好きなサイトをパトロールするくらいしかやることがないし。するとタキタも「しょうがないなあ」と声を上げる。

「ミツコさんと聞いたら、行きたくなっちゃうじゃん」

「じゃあばあちゃんに聞いてみる」

だらだらと歩いているのは、近所の商店街。早めの昼を食べてから十二時に先輩たちと会う約束をした。クイズに速く答えるには、やはり一緒にいた方がいいというテラウエ先輩の意見でスタバに集まることになったのだ。

「ばあちゃん、何時でもオッケーだって」

「やったあ」

セラが嬉しそうにスキップを始める。けど歩幅が広くてジャンプ力があるから、ぐんぐん先に進んでしまう。どんどんセラの背中が小さくなり、残りの俺たちは笑った。

「あれ、消失点まで行くんじゃないか」

コウの言葉にタキタが突っ込む。

「いやこの商店街、そこまで一本道じゃないし」

にしても、寒い。三月前半なんてほぼ二月と一緒って気がする。

「……スキップした方が寒くないのかな」

俺がつぶやくと、タキタとコウがにやりと笑う。

「じゃあ、いっせーの」

嘘だろ。高校生にもなって、並んでスキップとか。

「せ！」

恥ずかしさよりも先に、体が動いてしまった。足がコンクリートを蹴って、ちょっとだけ地面から浮き上がる。ものすごく久しぶりの感覚で、でもちょっと、気持ちいい、かも。

何回かスキップしたところで、左右に二人の姿がないことに気づく。もしかして、俺もセラと同じくらいスキップが上手かったのかな。そう思いながら後ろを振り返ると、元いた場所に二人が立っているのが見えた。

信じられない。

「なんだよそれ！」

一人でスキップしてしまった照れ臭さから、声が大きくなる。

「商店街で大声出さないんだよー」

タキタに言われて、俺は黙るしかなくなる。

「ごめんごめん」

ゆっくり追いついてきたコウが両手を合わせた。

「でもあったかくなっただろ」

「まあ、それはそうだけど」

「ならやっぱり、私もやろうかな」

タキタが風に顔をしかめながら、その場で軽くジャンプをする。

「寒すぎて、フラペチーノ気分じゃないのが残念だからさ」

確かに。

スタバに来ると、いつもちょっと緊張してしまう。値段は高いし、店内は静かで落ち着いてるし、MacBookとか持ってないし、ここで一番年下で一番ダサいのはお前だと言われそうな気がするから。

でもまあ、今日はそこまで緊張しなくてすんだ。なぜなら、相変わらずコウは路線図柄のトレーナーを着ているし、タキタは痛ファッションに余念がない。そしてセラはだぼついたオーバーオールで、さらに一回り大きく見えてるし。かくいう俺は、十年一日のごとく着ているユニクロのダウンとフリース。個性ってなんだ。

とはいえ一つ目のハードルは、テラウエ先輩の言葉であっけなく消えてしまう。

「今日は私たちのおごりだから」

好きなもの頼んでいいよ。そう言われて、カフェラテ一択だった頭の中が高速で動き始める。

「あの、季節限定のやつ頼んでいいですか」

セラがわくわくした表情でたずねると、テラウエ先輩が「もちろん」と笑った。

「じゃあじゃあ、サクラのフラペチーノにエクストラホイップでお願いします！」

「冷たいの行くんかい！」

そう突っ込んだくせに、タキタはセラと同じものを注文した。寒さとは。

「あ、俺トールの抹茶ティーラテのホットで。ホイップとチョコソースお願いします」

悩みに悩んでいる俺の横で、コウがさらっと上級者っぽい発言をする。なんだよそのこなれた感じ。浮いてるのは俺だけかよ。

「ばあちゃんが好きで、スタバによく入るから」

あと俺、抹茶好きだし。そう言われて、なんか負けた気分になる。極端にストレートな奴には勝てないよな、うん。

「えーと、じゃあホットのカフェモカに――」

どうせならこの機会に何か変わったものを足してみたい。そう思ったけど、何をどう言えばいいのかわからない。するとテラウエ先輩が助け舟を出してくれた。

「せっかくなら、ホワイトチョコを使ったホワイトモカにしてみたら？　苦いのがいいならエクストラショット、甘いのがいいならキャラメルとかおすすめだよ」

じゃあ甘い方でお願いします。俺はほっとしてうなずく。


テラウエ先輩に案内されて、シマダ先輩がとっておいてくれた席に向かう。奥まったところに段差があって、その上には低いテーブルを囲むようにソファーが置いてある。壁はないけど個室のような空間だった。

「ここ、すごくいいですね」

セラがきょろきょろあたりを見回しながら座る。

「まあね。あとこの店を選んだのにはもう一つ理由があってね」

そう言ってテラウエ先輩は、店内を示す。

「土曜のスタバにしては、空いてるでしょ。ここは商店街の端にあるから、メインのお客さんは平日の高齢者なんだよね」

「なるほど～！」

「テラウエのスタバ情報、すごいだろ」

シマダ先輩がにやりと笑う。

「テラウエは店舗限定メニューまで覚えてるし、近隣の店の内装はほぼ把握してるんだぞ」

「店の内装まで？」

思わずテラウエ先輩を見ると、先輩は得意げに言った。

「スタバはインテリアや家具の配置も本当にそれぞれ違うから、見てて飽きないんだよ。だから私は家族旅行でも行った先のスタバに寄って来るし、ＳＮＳで色んな地方のスタバ情報も集めてる」

「――すごいですね」

すごいけど、なんだろう。見ているものはおしゃれでも、オタクと同じ匂いがする。まあ「何か一つが好き」って時点で、そこに差はないのかもしれないけど。

「すごいといえば、シマダ先輩もすごいですね」

タキタに言われてみて、俺は首をかしげる。

「すごいって、どこが？」

同じ疑問を、コウがそのまま口に出した。するとタキタが「もう！」と声を上げる。

「白タートルのセーターに、ベロアのジャケット。思いっきり昭和レトロって感じじゃん。純喫茶の世界観だよ」

なるほど。そういえば髪型も額を出す感じにしていて、どことなく昔風だ。その雰囲気に合わせたのか、テラウエ先輩もどこか懐かしい感じのボーダー柄のセーターにベレー帽を被っている。

「まあ、幸雄みたいにはできないけど、雰囲気くらい出したくてな」

偶然かもしれないけど、ここのスタバの内装は落ち着いた木調のインテリアで、そこもよく合っていた。

先輩の前には大きめのコーヒーマグ。ジャケットを着て前髪を上げたシマダ先輩は、ちょっと大人の人みたいに見える。そこにメイクをしたテラウエ先輩が並ぶと、なんかちょっと出来上がってる感じだ。来月には二人とも大学生だから、当然と言えば当然なのかもしれないけど。

それに引き換え、俺たちときたら。テーブルの上に四つ並んだ激甘ドリンクに俺はため息をつく。子供か。

(ん?)

小さな疑問を感じて、俺はテラウエ先輩のドリンクを見た。俺と同じ、紙のカップを手に持っている。

「あの――なんでシマダ先輩だけ陶器のカップなんですか」

俺の質問に、テラウエ先輩はふふふと笑った。

「スタバでは、ホットコーヒーを頼んだときだけマグカップでの提供が可能なんだよ」

「そうなんですか」

「俺も知らなかったんだけどさ、テラウエが教えてくれたんだ。スタバは店によっては純喫茶っぽいところもあるから、紙のカップよりそれらしくていいんじゃない? って」

なるほど。スタバはチェーン店だけど、確かに内装は普通の喫茶店みたいなところも多い。陶器のカップとケーキの乗った皿が前にあれば、そこはもう「らしく」なるだろう。

「あ。もうあと二分くらいですよ」

タキタの声とともに、俺たちはそれぞれスマホを出してサーチエンジンのページを立ち上げる。シマダ先輩は自分のスマホをテーブルの中央に置いて、みんなに見えやすくした。

「じゃあ、みんなよろしく。わかってると思うけど、店内だから声は控えめにな」

シマダ先輩が全員を見て言った。

いざ、勝負。

*

『どうもー、いつも見てくれてありがとう。純喫茶にはロマンがある。幸雄です』

スマホの画面の向こうで手を振っているのは、白いシャツにVネックのセーターを着た幸雄。

シマダ先輩がボリュームを下げたから、みんな顔を近づけないと音が聞こえない。

『今日はすごくたくさんの人と繋がってて嬉しいな』

近づきついでに画面をじっくり見ると、背景はどこかの純喫茶なのか派手なステンドグラスのテーブルランプが目に眩しい。でも幸雄の声のトーンは普通だから、ちょっと不思議に思う。

貸切とかにしているんだろうか。

（かっこいいんだけど、なんかこう――画面がちょっと濃いよな）

幸雄は、顔のパーツが全体的にくっきりしてる。「ロマン」も「浪漫」って書いた方がぴったりくるような。

『純喫茶ってやっぱりいいよね。僕はファッションもインテリアも昭和レトロが大好きだから、いるだけで落ち着くよ。文庫本とか持ってずっといたいな』

うんうん。そこはわかる。静かな喫茶店は俺も好きだ。逆に、繁華街のスタバとかは苦手かも。ざわざわして人との距離が近すぎて。

（もしかしたら俺も、純喫茶マニアの素質あり？）

そんなことを考えていたら、画面の中の幸雄が『そろそろだね！』と声を上げる。

『時間になったから始めるよ。今日のメイン。第十回！　僕と素敵なティータイムを過ごしてくれるフォロワーさんを決めるための、お菓子クイズ！』

そう言って、幸雄は両手を画面から見えないところに持っていく。

『まずはウォーミングアップ。じゃ、いくよ。いちにーのー、さんっ』

かけ声と共に現れたのは、ピンク色の丸いもの。人差し指と親指につままれているサイズから、小さいものだとわかる。

「これ、いちごのチョコだよね」

テラウエ先輩の言葉に全員がうなずく。

「――チョコボールのいちごっぽいけど、他にも似たものがあった気がする」

そのつぶやきに答えたのはコウ。

「似てるのはクランキーのボールチョコのいちご味だと思います。でもあっちは完全な球体じゃなくて、ちょっと面がある。だからチョコボールの方で正解です」

それを聞いたシマダ先輩が、急いで文字を打ち込む。それと同時に、画面に同じ答えがずらずらと並んでいく。

『おー、さすがの正解率だね。これはお試し問題だから、次からが本番だよ。三問出題して、早く答えを送ってくれた十人が次に進めるよ。頑張ってね』

一問目と二問目に出たのはポテト系スナックのポテロングとなげわ。このあたりは俺たちの好物なので、秒で正解。特になげわではほぼ一位のスピードだった。シマダ先輩が「やったな」と小さな声で俺たちに向けて親指を立てる。

そして最後の問題は、意外なことにテラウエ先輩が即答した。茶色いつるっとしたキャンディが出た瞬間、「ヴェルタースオリジナル！」と小声で叫んだのだ。

「すごいな」

シマダ先輩に言われて、テラウエ先輩は「いやいや」と照れる。

「私、こういう洋風なキャンディ好きなんだよね。チェルシーとか」

その言葉に、セラとタキタが激しく反応した。

「わかります！　バタースカッチですよね！」

「こってりしてて最高ですよね～」

どっちも食べたことのない俺は、思わずネットで有名な台詞を口にしてしまう。

「なにそれおいしいの」

バカみたいにウケなかった。だから全員でこっち見ないで。ごめんて。


めでたく十人の中に残った俺たちは、食い入るように画面を見つめていた。

『みんな、おめでとう！　これから決勝戦だよ』

幸雄が陽気な声と共に、次は問題を二問出すと宣言する。

『勝者は、僕がお気に入りの純喫茶に招待するから楽しみにしててね！』

全員が、ぐっと前のめりになる。

『第一問！』

幸雄が画面から去り、カメラがゆっくり動きだす。おそらく幸雄が自分でスマホを動かしているんだろう。ていうかこういう人って、手伝いとかスタッフ的な人はいないのかな。

そしてテーブルの左側が映り、ケーキの載った皿が現れた。

「え？　ケーキも出るんでしたっけ」

タキタの言葉に、シマダ先輩が首を横に振る。

「出ない、はずなんだが」

他の参加者も戸惑っているようで、まだ答えを送信した人はいない。

「チョコレートケーキに見えるけど」

三角形にカットされたケーキは全体がチョコレートで覆われていて、上にさらにチョコレートのような粒が載っている。

『これ、ちょっと難しいかなあ?』

時間が勝負なのに、誰も正解を出せない。せっかく決勝に残ることができたのに、このままじゃ負けてしまう。

(何か――)

何かヒントはないか。俺は必死に画面の中を見つめる。と、そのときシマダ先輩が右側の端を指差した。

「これ、コーヒーのスプーンだよな」

コーヒーの受け皿に引っかけてある。ごくありふれた、銀色の飾りもないスプーン。

「だけど、それがどうかした?」

テラウエ先輩が首をかしげる。

「なんか――サイズがおかしくないか?」

シマダ先輩は、ケーキの皿とスプーンの位置を両手の指で示す。

「これ、どっちもカメラから同じくらいのところにあるだろ」

皿とスプーンは、テーブルに並んで載っていた。なのにスプーンがすごく手前の方に見える。

「あ、ホントだ。っていうか、遠近感の問題?」

テラウエ先輩の言葉に、コウが「スプーンがカレー用、とか」とつぶやく。するとそれを聞いたセラが、はっとした表情を浮かべる。

「もしかして……ケーキがちっちゃい？」

その瞬間、タキタがすごい勢いで自分のスマホを操作した。

「これ！　これだよ!!」

画面に出ていたのはシルベーヌ。箱売りだけどケーキの形をしているお菓子だ。

シマダ先輩がすぐに送信すると、ほぼ同時に二人くらいの答えが上がってくる。みんな、悩んで検索したんだろう。

幸雄がぱちぱちと拍手をする。

『すごい正解率だね！　遠近法のトリック、面白かった？』

面白い、といえば面白かった。クイズに工夫してあるのはすごいと思う。インスタグラマーというのも大変なんだろう。でも参加する側からすると、引っかけやがってという気持ちが強い。

『じゃあ最終問題！　みんな、頑張ってね！』

幸雄が手前に白い紙を出して、その向こうで何かをつまみ上げた。

『ラストはシルエットクイズだよ。これは、なーんだ？』

棒のような、縦長の影が浮かぶ。

「ポッキー？　にしては短いか」

テラウエ先輩がつぶやく。

「短いなら、じゃがりことか」

他に贅沢ポッキーもこれくらいだったかもです。とタキタが答える。でも贅沢ポッキーなら上の方が膨らんでいる形になるはずだ。

「じゃがビーは？」

セラの意見に俺は首を横に振る。

「そっちなら角が立ってるはずだ。でもこれは、角が少し丸い」

説明していると、シマダ先輩が「動いてるぞ！」と声を上げた。見ると、紙の向こうの手がゆっくりと動いている。

「形が——変わってる？」

そうか。側面から見たら棒にしか見えないけど、回転させたら違う形に見えるものを持ってるんだ。

全員でじっと見つめていると、少しずつ曲線が現れてくる。

「——ハッピーターン？」

シマダ先輩がつぶやくと、コウが「待ってください」と画面を示した。

「似てるけど、先端が少し尖ってます」

言われてみれば、確かに。それに気づかないフォロワーが、次々に『ハッピーターン』と解答を送っている。

「もうちょっと」

角度が変わってきたところで、そのシルエットに変化が生じた。上の方が細くなっていて、曲線がある。ハッピーターンの楕円形とは違って三日月型に近い。

(これ、見たことある)

じゃない。食べたことがある。せんべいだ。たまに家にあって、個包装で、よく部活帰りの兄ちゃんが一人で一袋食っちゃってケンカになったやつ——。

「ばかうけだ!」

俺の言葉に、全員がうなずく。即座に解答を打ち込もうとしたシマダ先輩に、今度はセラが待ったをかける。

「あの、ばかうけには二つ味があるんですけど」

「何味かまでは、聞かれないんじゃない?」

テラウエ先輩が画面を見ながら答える。

「とにかく早く答えないと」

シマダ先輩に急かされたセラは、じっと目を凝らして言った。

「——ごつごつしてる」

ばかうけの会社のサイトを開いたコウが「ごま揚しょうゆ味!」と画面をみんなに見せる。

シマダ先輩がうなずきながらそれを打ち込むと、ほぼ同時にもう一人からも『ばかうけ!』と送信があった。

『はい。正解はばかうけでした!』

紙をどけた幸雄が、おいしそうにばかうけをぽりんと齧る。いやその余裕、若干イラつくんだが。

『正解者は二人。でもうわ、すごいね。味まで特定してる人がいる！　この短時間に、すごいなあ。「ＪＫＳ」さん。尊敬だよ！』

その『ＪＫＳ』がシマダ先輩のアカウント名だ。俺たちは褒められて、ついにんまりしてしまう。

『でもまあ、味まで当ててとは僕も言ってなかったから、勝者は同率一位でこの二人！　みんな、二人に盛大な拍手〜！　おめでとう〜！』

幸雄にぱちぱちと手を叩かれて、嬉しいようなバカにされたような微妙な気分になる。でもシマダ先輩が嬉しそうだから、全然いいけど。

「おめでとうございます！」

セラの小声を皮切りに、全員が控えめな拍手を送る。シマダ先輩は腰を上げると、「ありがとう。みんなのおかげだよ」と頭を下げた。

「でもごめん、続きがあるんだ」

そう言ってまた席に着くと、スマホの画面を指差す。そこにはまだ幸雄がいて、配信が続いている。

『というわけで、今日はこれから二時間後に、優勝した二人とお茶するからね。場所はもちろん、僕の大好きな純喫茶！　おすすめの場所に案内するよ』

「え？　二時間後？」

俺が声を上げると同時に、シマダ先輩のスマホにダイレクトメッセージが届いた。

「幸雄からだ。指定の店が書いてある」

場所は浅草。ここからは結構時間がかかる。鉄オタのコウが素早く計算して「快速を併用すれば一時間半で着きます」と言った。

「サンキュー。じゃあ俺は先に出るよ。おやつ部、今日は本当にありがとう。後日ちゃんとお礼をするよ。テラウエ、後の説明はよろしくな」

そう言うとシマダ先輩は、スマホを片手に出ていった。

＊

「もともと、このクイズの参加条件が『二時間以内に都内の主要な場所に来られること』だったんだよ」

テラウエ先輩はカップを弄び（もてあそび）ながら笑う。

「そうだったんですね」

セラがすっかり溶けたフラペチーノを啜った。

「あ、だからシマダ先輩、おしゃれしてきてたんだ」

なるほどとタキタがうなずく。

「でもよかったです。おしゃれが無駄にならなくて」

「コウ、言い方！」

タキタに言われてコウは「すいません」とテラウエ先輩に頭を下げた。

「いいよ別に。私もそう思ったし」

「でもちょっと気になったんですが、今回のクイズは十回目なんですよね。今までは他の人に頼ったりしてなかったんですか？」

コウの言葉に俺は首をかしげる。

「十回目って、言ってたっけ？」

「最初に幸雄が言ってたよ」

やはりコウの記憶力はすごい。ことに数字系は。

「うーん、まあそもそもシマダが幸雄のフォロワーになった時点で、もうクイズは何回か開催されてたみたいなんだよね。私がこれに付き合うようになったのはさらにその後、三年になってからだったし」

シマダ先輩は自分では解ききれないと思った時点で、喫茶部の同級生であるテラウエ先輩に声をかけたのだという。

「前にも一回、決勝まで行ったことはあったんだよ。でもやっぱり二人だと正解がわかっても時間がかかっちゃって」

「他の人には声をかけなかったんですか？」

タキタの質問に、テラウエ先輩は苦笑いを浮かべた。

「かけたよ。でも笑われた」

「笑われた？」

タキタの眉間に皺が寄る。

「純喫茶好きはいいとしても、インスタグラマーとスーパーのお菓子クイズってなんだそれ、って」

まあ、言った方の気持ちもわからないではない。でも、なあ。

「――ひどいっすね」

「え？」

「職業に貴賤なしって言いますけど、趣味だってそうじゃないですか。好きなものに打ち込んでて、それが別に誰の迷惑になるものでもなかったら、バカにする方が間違ってます」

タキタの言葉に、俺はちょっと感動してしまう。なにしろ、オカルト趣味なんてお菓子クイズ以上に肩身の狭い趣味だし。

「そうか――そうだね。うん、ありがとう」

テラウエ先輩にも何か響くものがあったのか、真剣な表情でうなずいた。

「実は、私も同じなんだよね」

「どういうことですか？」

セラがたずねると、テラウエ先輩は「スタバ好きがさ」と笑う。

「家族にずっと笑われてたんだよ。ちゃらちゃらしておしゃれだから好きなんでしょ、アイスみたいな甘いものばっか飲んで『映え』とか気にしてるんでしょ、って。だから家族旅行で行った先でスタバに寄りたいっていうと、またあ？　って言われて」

スタバをおしゃれ人間のたまり場のように考えていた俺は、ここでも耳が痛い。

「チェーン店なのにそれぞれ内装が違ったり、カップにメッセージがあったり、全店禁煙で子供用やデカフェのドリンクも充実してて、そういうところが好きなのに、なんでそんなこと言われなきゃならないの？　ってずっと思ってた」

セラがその言葉にぶんぶんうなずく。

「私も好きです、スタバ。お店の人、みんな親切だし」

「わかる。俺もばあちゃんと最初に入ったとき、サイズがわからなかったら、わざわざ本物のカップを目の前に出して教えてくれた。高齢者にもわかりやすくて良かったです」

「ていうか、スタバマニアなんて世界規模でいますよね。タンブラー集めてる人とか」

どこが恥ずかしいんですか。タキタがストローの端をぎりぎりと噛みしめる。

みんなの言葉を聞いて、いよいよ俺は恥ずかしくなった。俺はどっちかというと、テラウエ先輩の家族側の人間だったから。

「さらにおかしいのはさ、牛丼チェーンが好きとか、ドトールマニアとか、世界のマクドナルドを巡るとか、そういうのは馬鹿にされないんだよ。でもスタバは笑われる。それって、なんでだろうって思わない？」

言われてみれば、そうかもしれない。牛丼チェーン比較とか、フライドポテト食べ比べとかはネットの記事でも読んだことがあるし。でもその線引きは、どこにある?

「味は、みんなおいしいと思いますけど」

さすがのタキタもこの問いには即答できない。

「――値段かな」

コウの言葉に、セラが「ああ」と声を上げた。

「それだよ。フラペチーノ一杯で、牛丼は大盛りが食べられるもん。カレー系もいけるかな。ドトールは詳しい値段知らないけど――」

ていうかなんで牛丼とカレーの値段に詳しいんだよ。俺は自分のスマホでドトールのメニューを検索して、みんなに見せる。確かに甘いラテやスムージーみたいなもののLサイズでも、スタバより安い。

「値段が高いから反感を買いやすい、ってこと?」

納得がいかないような表情でタキタが口を尖らす。確かに、安くはないドリンクをしょっちゅう買うことができるのは羨ましいかもしれない。でも別に甘いものが好きじゃなければ、反感なんて覚えないはずだ。ということは。

「もっとなんか――それだけじゃない気がします」

俺は、自分の中に埋め込まれた思い込みを掘り起こしてみる。

「たとえばその、タピオカドリンクとか、チーズタッカルビとか。なんか流行りに乗ってるっぽくて、女子高生が好きそうなもの。そういうものが、上から目線で笑われてきたっていうか」

口に出すと改めて痛いし酷い。でも自分もほんのり「浮かれやがって」みたいに思っていたことがあるのは事実だ。

(俺、痛さに磨きがかかっちゃったかも)

でもここで出しておかないと、きっと膿は溜まり続ける。

「結局おいしいからどっちも定着して、今じゃどこにでもある。じゃあなんで笑われてたかっていうと、多分――」

俺が口ごもった残りを察しのいいタキタがさらっていく。

「それを喜んでる対象、つまり女子高生が笑われてたってことだよね」

「なにそれ。ひどい」

セラが握りしめたフラペチーノのカップが、べこりと音を立てた。

「スタバもそういう感じで、シマダ先輩の場合は『インスタグラマー』とかが同じイメージで軽く見られてた、みたいな」

俺の言葉を聞いて、セラはいきなり立ち上がる。

「ねえ、そういうの決めてるのって、誰?」

「いや、『誰』って特定の人がいるわけじゃないだろ」

「でもさ、上から見てる人がいるから、そういう扱いになるんだよね? その、見てる人は、誰なの？」

そんなセラの背中を、タキタが「どうどう」と言いながらさする。馬か。

「あえていうなら、それは概念のおっさんだね」

「えっ？　なにそれ」

「わかりやすくいうなら、おっさん的な考え方。新しいものに飛びつく若者をバカだなあって目線で見てて、それが女子なら『これだから女は』っていう」

耳が痛すぎて、爆発しそうだ。俺は思わず、助けを求めるようにコウを見る。しかし当然のごとくそこに共感はない。なぜならコウは、その真逆のタイプだから。

「やだ。やだやだ。そういうの、ホントにやだ。ぞっとする」

セラが泣きそうな表情で、どすんと腰を下ろす。その振動がソファー越しに伝わってきて、俺はさらにいたたまれない気持ちになった。

誰かの「好き」を馬鹿にして、下に見て。それで何が満たされるのか。俺はさらに俺の中の「概念のおっさん」の声を聞く。嫌な、嫌なやつの声を。

「……羨ましい、と思ってるんじゃないでしょうか」

「羨ましい？　なにそれ」

テラウエ先輩が首をかしげる。

「自分にはわからない楽しいことを見つけて、好きな気持ちを思いっきり出せるものと出会って羨ましい——だから妬んで、馬鹿にして下に見ることで安心したい。そういう、心の動きがあるような気がします」

「ああ、置いていかれたように感じるってことか」

コウの言葉に、セラが「あー！」と顔を上げた。

「わかった！　今わかった！」

「何が？」

タキタがたずねると、セラは次の瞬間にしゅんとなってうつむく。忙しい。

「わかったんだ——私も、同じことしてた」

「ええ？」

そのイメージから一番遠そうなセラが？　全員の顔に「？」が浮かんだ。

「ちょっと前、お母さんが韓流ドラマにハマってた時期があって。あんまりにも続けて色んなドラマを見るから、つい言っちゃったんだ。『綺麗な人同士の夢物語ばっかだね』って。

でもさ、綺麗な人同士の夢物語の何が悪いの？　楽しいドラマを楽しく見てるお母さんだって悪くないじゃん。なのに、アラタが言うみたいに私、ドラマにハマったお母さんをちょっと馬鹿にしてた」

セラは両手で自分の頰をべちべち叩く。

「お母さんが何かに夢中になるのが、羨ましかったんだよ。サイテーだ、私！」

「いやそれくらいは——」

「すっごいくだらないことなんだよ。呼んだとき、ドラマに夢中で気づくのが遅れるとか。ただいまって帰ってきたとき、こっち見ないで『おかえり』って言われたとか。それで私、小さい子みたいに嫌だなって思ったんだ。お母さんは、いつもこっち向いてくれなきゃ嫌だって」

もう、やだやだ。止まらないセラの手を、タキタが止めた。

「どうどう」

だから馬かと。

「概念のおっさんの気持ちが理解できたから、これからは大丈夫だよ」

「そうかな」

「そうだよ」

うなずきあうセラとタキタに向かって、コウが抹茶ティーラテを飲みながら言った。

「ちなみに鉄オタも、肩身がせまい時がある」

「えーそう？　かなり認知されてる方の趣味だと思うけど」

タキタが反論すると、コウは首を横に振る。

「最近、マナーの悪い撮り鉄がよくニュースになるから」

「あー、ね」

「鉄道好きには色々なジャンルがあるけど、詳しくない人から見たらどれもこれも一緒だからな」

コウは軽いため息をついた。

色々な好きがあって、色々な誤解がある。

（わかってくれとは、思わないけど）

せめてそのまま置いといてほしい。というのは無理な意見だろうか。あ、でも俺だって偏見にまみれてるから無理か。でもな、理想は目指したいっていうか、進化したい気持ちはあるんだ。

せめて、今よりちょっとはましな生き物へ。


「シマダはさ」

テラウエ先輩がぽつりと言った。

「シマダは、最初から私のスタバ好きを笑わなかったんだよね」

「そうなんですか」

セラがべこべこになったフラペチーノを啜る。

「スタバ好きなんだ、って言ったらすごく普通に『いいじゃん』って。特に気を使った感じもなくて、それでいい奴だなって思ったよ。で、純喫茶もスタバも喫茶店であることに変わりはないから、気が合ったんだ」

「いいですね」

そこに何の気配も微塵（みじん）も感じないコウが言う。コウの「いいね」は余計なものがなくていい。

「だからさ、最後くらい勝たせてやりたかったんだよね」

それでおやつ部に声をかけたわけ。そう言うと、テラウエ先輩はぺこりと頭を下げた。

「力を貸してくれて、ありがとう。本当に、助かりました」

＊

ミツコさんの家に着いたのは、三時をまわった頃だった。

「いらっしゃい。寒い中を来てくださって嬉しいわ」

ほわりと暖かい家の中に入って、全員の顔がほっと緩む。

「今日は何をしていたの？」

ミツコさんに聞かれたので、俺たちは先輩に誘われてお菓子のクイズに参加していたことを話した。

「今の人は面白い遊びを発明するのね」

ふふふと笑って、ミツコさんは壁の時計を見上げる。

「その先輩は今頃、浅草に着いているのかしら」

「あ、そうですね」

言いながら、セラが自分のスマホを出す。

「私はインスタグラムのアカウント――つまりえーと、個人の写真や動画を見るための登録を済ませてるので、先輩がどうなってるかわかるかもしれません」

『幸雄』で検索すると、すぐにアカウントが出てきた。そして最新の投稿をチェックすると

――。

「いました。この後ろ姿。これがシマダ先輩です」

ベロアのジャケットの後ろ姿。その正面には幸雄がいる。

「あら、お顔は見えないのね」

「はい。ここで公開するものは誰でも見ることができるので、個人情報とかの問題で見せない人が多いです」

写真には『フォロワーさんたち到着！　#三時のティータイム』と書いてある。

「そっか、幸雄はこの時間が三時になるように逆算してクイズをしてるのか」

コウが感心したようにうなずく。

「あ、だから都心に二時間で来られる人限定なんだ」

「幸雄も色々考えてるんだねえ」

まるで知り合いのような口ぶりでセラが笑った。

「あ、また更新された」

新しい写真には『チョコレートパフェとプリンアラモードで勝者の乾杯！　#純喫茶』の言葉。

「あらおいしそう」

さらに幸雄が頼んだと思われるクリームソーダの写真が追加される。

『僕も乾杯。　#ＪＫＳさんの未来に　#新しい土地での純喫茶開拓　#ある意味遠恋？』

それを読んだミツコさんが「遠恋ってなにかしら？」と首をかしげた。

「あ、それは遠距離恋愛の略です」

セラが答えると、ミツコさんは困惑したような表情を浮かべる。

「ならこの幸雄さんとあなたたちの先輩は、恋人ということ——？」

えっ。予想外の反応に、全員がわいわいと喋り出す。

「いやそういう感じじゃなくてですね、この場合は純喫茶に恋してるってことだと思います」

タキタの意見に俺もぶんぶんうなずく。

「浅草に行きたくてもすぐには行けないとか、時間を作ってゆっくりするのがなかなかできないとか、そういう意味かと」

「ですです！『行きたいなあ』って恋してるんです」

「そうだよばあちゃん。遠距離恋愛は、好きなものに対しても使える言葉なんだ」

口々に言われて、ミツコさんは苦笑した。

「教えてくれてありがとう。とはいえ私は誰が誰を好きになってもいいと思ってるわよ」

言いながら、ミツコさんはゆっくりと立ち上がる。

「お茶を持ってきましょうね」

それにつられるようにコウが立ち上がり、ついでとばかりにセラが立ち上がった。

席に残された俺とタキタは、ちょっと気まずい感じで顔を見合わせる。「お手伝いをしない子供」感がすごい。

「――あそこに三人って狭いよな」

「だよね。うちらの気遣いはそういう方向だし」

なんとなくだけど、俺とタキタは重なるところが多い気がする。ジャンルは違えどオタクでインドアで、ダークな笑いも受け入れるようなところが。

キッチンの方から、楽しそうな声が聞こえてくる。そういえば、セラとコウにも共通点が多いな。思ったことをすぐに言える素直さとか、頭でっかちじゃなく、目の前のことをそのまま受け入れるところとか。

（あと、こんな風にすぐ動けるところとか――）

たとえば電車で座っていて、目の前に微妙な年齢の高齢者や妊娠なのかわからないレベルでお腹の膨らんだ女の人が来たとき、すぐに立ち上がるのはセラとコウだろう。タキタと俺はまず、「譲るのはもちろんだけど、失礼じゃないだろうか」「ただの肥満だったら？」とか考えて、体が動かない。

とはいえ、その先を突き詰めると次に立ち上がるのはタキタだ。福祉の仕事をしている親戚がいるし、いざとなったら間違いを恐れず譲るだろう。で、俺はというと、たぶんグズグズ悩んでいるうちに、他の人が席を譲るか当人が降りてしまうかで決着がついてしまうような気がする。

何が言いたいのかっていうと、まあ、俺以外の奴はみんな結構ちゃんとしてるよなってこと。

「お待たせ～」

セラがトレーを持ってキッチンから出てくる。その後ろには、お菓子のカゴを持ったコウ。

「スタバにはないホットドリンクだよ」

そう言いながら、木のスプーンが添えられたカップをテーブルの上に置いた。不思議な甘い香りが漂う。

「甘酒！」

タキタが嬉しそうに両手でカップを包む。

「三日は過ぎてしまったけど。三月だから、ね」

ミツコさんの言葉とともにコウが置いたカゴの中には、個包装のひなあられが入っていた。甘酒とひなあられなんて、いつぶりだろう。ていうか甘酒はともかく、男だらけの我が家ではひなあられなんて出たことがなかった気がする。

（初めて？　いやなんかイベントでもらったくらいはあった気がするけど）

小さなパックを開けると、薄いピンクや緑でカラフルなあられと、金平糖と砂糖がけした大豆が入っていた。

「懐かしおいしいよねえ」

さっそく食べ始めたセラが、にこにこと笑う。なのでちょっと期待して食べてみると、なんていうか、ポン菓子の砂糖がけの味がした。米と砂糖、サクサク、以上、みたいな。

（金平糖に至っては、ほぼ砂糖だし）

唯一「味」を感じるのは、大豆の砂糖がけくらいか。

（——全体的に「無」を感じる）

　昔からあるものだし、行事ものだし、こんなものなのかな。そう思って食べていると、隣でコウがあられを甘酒の中に入れはじめた。

「え？　これってそうやって食うもんなの？」

　たずねると、女性は全員首を横に振る。

「コウちゃんは昔から、あられを浮き実にするのが好きなのよ」

　ミツコさんがふふふと笑った。

「だってお茶漬けのもとにはあられが入ってるから」

「ああ、確かに。ライスパフと考えれば、色々トッピングに使えそうだね」

　セラが自分の甘酒にもあられを入れて、スプーンですくって食べ始める。

「コウ、似てる！　私、あまったひなあられに牛乳かけて食べるの好きなんだ」

「セラ、それはもはやシリアル……」

　タキタが突っ込むと、コウが「今度俺もやろう」とうなずく。そんな会話を聞きつつ、俺はあたたかい部屋の中で甘酒を啜ってぼんやりとあられを口に運ぶ。「無」だ。これは甘い「無」。ただサクサクして、ほのかな米の香りしか残らない、儚（はかな）い「無」。

「若い人には、この味は物足りないでしょうね」

　けれど俺は首を横に振る。

「——俺は、結構好きみたいです」

「そう？」

「なんか、味がうるさくないっていうか、シンプルで」

「アラタ、大人か」

コウが俺の脇腹をつついた。

実のところ、俺は大人というより幼児な舌の持ち主だ。だから見たまま、想像したままの味の食べ物が好きだ。シンプルといえば聞こえはいいが、ただの怖がり。冒険をしないタイプなのだ。ほら、席も失敗を恐れて譲れないし。

＊

次の部活の日、シマダ先輩は俺たちにカントリーマアムをくれた。見たことのないパッケージだと思ったら、『東京浅草　舟和　芋ようかん』と書いてある。

「芋ようかん」

コウがぽかんとした声で読み上げた。

「浅草土産かつ、お礼ってことで。こないだはありがとう」

「そういえば、どうでした？　幸雄とのティータイムは」

タキタがたずねると、シマダ先輩はうなずいた。

「――楽しかったよ。自分じゃ見つけられないような、レアな店に連れて行ってもらったし。

もう一人のフォロワーは女の子だったんだけど、三人で話すのもよかった」

「なんかすごいですよね。憧れの人と会えるって」

セラがさっそく箱を開け始める。おいおい。

「そういえばあれ、おいしそうでした。チョコレートパフェ」

コウが言うと、シマダ先輩は「ああ、あれ」と歯切れの悪い口調になった。

「底にコーンフレーク入ってて、懐かしい感じでしたよね」

見たままの味が好きな俺にとって、ああいうシンプルなパフェはいい。

「うん、そうだな。懐かしい感じでよかった。でも――」

でも？

「幸雄は、そういうのが好きじゃなかったんだよなあ」

全員の目が、シマダ先輩に集まった。


シマダ先輩いわく、幸雄は「見た目重視」の人だったらしい。

「インスタ映えばっか気にする人だったんですか？」

セラの質問に、シマダ先輩は「うーん」と腕組みをした。

「そこまでじゃないんだよ。注文したものはちゃんと食べるし、店に対して失礼なこともしない」

なるほど。「買ってから捨てる」とか「ビックリマンチョコのシールだけ」的な人ではないということか。

「でも、なんかちょいちょい出るんだ。『味は置いといて』とか『見ただけで味がわかるやつだよね』とか」

「実際、味はどうだったんですか」

箱から一枚取ったタキタが質問する。

「俺にとってはうまかった。というのも、俺はああいう素朴な味も純喫茶の魅力の一つだと思ってるから」

無言で箱が回され、俺も一枚もらった。なんか焼き芋っぽい味がしてうまい。

「たとえばあのパフェなら、チョコソースとバニラアイスとコーンフレークとバナナ。それ以上でもそれ以下でもない。見えてるものそのままの味で、そういうのがいいなと思う」

わかる。なんかすごくわかる。

「本を開いてコーヒーを飲みながら、ゆったり片手間に食べるものは、口に入った瞬間に驚かないものがいいっていうか」

うんうんうん。心の中で首をちぎれそうなほど振ってしまった。

「すごくわかります！　生クリームと思ってたらチーズクリームとか、ただのハムサンドなのにアボカドが挟まってたり、そういう工夫がいらないんですよね！」

俺が言うと、シマダ先輩の表情がパッと明るくなる。

「そうなんだよ。おいしいんだろうし、実際食べて嫌なわけじゃない。でも単純で、安心して食べられるものが好きなんだよ」

安心。それを聞いてすごく納得した。幼児な舌を持つ俺も、うまさより安心を求める傾向があるからだ。

「で、幸雄はどっちかというと工夫系の目新しい食べ物が好きだったんですね」

カントリーマアムの袋を開けたコウが、ストレートに言い放つ。

「そうなんだ。話してる間にも、本当は昔ながらのホットケーキよりふわとろパンケーキが好きとか言ってたしな。だからちょっと引っかかった。幸雄にとって純喫茶の食べ物は、純粋に背景であり小道具だったんだよ。食べるけど、好きで食べてるわけじゃない、みたいな」

「なんかちょっと寂しいですね」

セラがカントリーマアムをちびちび齧りながらつぶやく。でもシマダ先輩は、なぜか明るく笑った。

「いや、寂しくはないよ。幸雄の純喫茶への愛は、俺のと方向性が違っただけだし」

「それでいいんですか？」

意外そうな表情でタキタがたずねる。

「いいも何も、好みは人それぞれだろ」

その発言に、俺たちは全員きょとんとしてしまった。

「それに幸雄は心の底から、純喫茶っていう空間のデザインが好きなんだって気持ちが伝わってきた。自分のファッションに合う空間を探して、そこに自分を配置するっていう考え方も面白かったし。フォローしててよかったなと思ったよ」

シマダ先輩はにこにこと続ける。

「もう一人のフォロワーもファッション寄りだったけど、そっちはそっちで面白かったな。枯れたマスターがいる店が好きなんだってさ。同じ純喫茶好きでも、いろんな角度があるもんだよな」

すごい。うまくいえないけど、これが器がでかいってことなんだろうか。

「それぞれ、色んな好きポイントがあっていいですねえ」

セラがふふふと笑う。

「じゃあ色んなタイプのお店の情報が集まったんじゃないですか？　行きたいお店が増えまくってたりして」

タキタが言うと、シマダ先輩は「まあな」と言った。

「でもしばらくは我慢だな。これからちょっと忙しいし――」

そのとき、誰かがシマダ先輩を呼ぶ声が聞こえた。

「悪い。じゃまた今度な」

そう言って、シマダ先輩は部室を出て行った。

「先輩って、先輩なんだな」

コウがいきなり哲学的な台詞を口にする。

「なんだよそれ」

「先に行く人、みたいな感じ」

「わかるよ。大人っていうか、いい感じだったもん」

セラがうなずきながら二枚目に手を出した。

「テラウエ先輩が応援したくなるのがよくわかったよね」

タキタも二枚目の袋を開ける。

「――シマダ先輩には、概念のおっさんがいないんだろうな」

俺がつぶやくと、三人が「だよねえ」という表情を浮かべた。

「そういえばさ。シマダ先輩って、ずっとテラウエ先輩のことを褒めてたよね」

タキタがカントリーマアムを頰張りつつ、少し離れたところにいるテラウエ先輩の方を見る。

「でさ、テラウエ先輩はシマダ先輩のことめっちゃ褒めてて」

きっと、最初からずっと器がでかかったわけじゃない。でも認めてくれる相手と出会って、色々な人のいいところを見てきたから、ああなれた。

「なんか、いいよな」

コウが指についた甘いかけらをぺろりと舐める。

「ちなみに、この『いいな』には概念のおっさんが出てこない」

「だろうね」

タキタは軽く手をはたいて粉を落とした。

この場がまとまろうとしていたけど、俺には一つだけ気になることがあった。

「ところでシマダ先輩って進学だよな」

「え？　うん、確かそう聞いた気がする」

タキタが曖昧にうなずく。

「それ、もしかしたら地方の大学で、遠くに行くんじゃないのかな」

「なんでそう思ったの？」

「テラウエ先輩が、『最後くらい』って言ってたから」

「それ、高校最後って意味かと思ってた」

コウの意見にセラが「私も」と加えた。

「でもさ、もし近所や都内の大学に行くなら『しばらくは我慢』なんて言わなくていいんじゃないかな。むしろ今より行けるようになるし」

「そう言われれば、そうかもね」

タキタが三枚目をつかみ出す。おい、ちょっとペースが速くないか。

「だとすると、どういう状態が『最後』かって考えたんだ。そしたら、幸雄のことなんじゃないかなって思った」

「でもさっき、フォローしててよかったって言ってたよね？　やめる感じはしなかったけど」

セラはタキタに「箱を寄越せ」というジェスチャーをする。そして残ったカントリーマアムを平等に配分した。ひとり四枚。芋の味がじわりとうまい。

「配信はネットだからどこにいたって見ることができる。でもティータイムには、条件があったたろ」

「ああ、都内までの時間か」

コウが残りを口に入れながら言った。

「そう。たぶん、シマダ先輩はその圏内から離れた場所に行くんだと思う。だからこそ、テラウエ先輩は最後のチャンスに賭けたかった」

「わかるけど、ちょっとこじつけてない？」

タキタの言葉に俺はうなずく。

「かもしれない。だけど幸雄のハッシュタグにあった言葉はさ、二つ繋げるとそういう意味っぽく思えるんだよ」

「どんな言葉だっけ」

コウがたずねると、セラがスマホを取り出す。

「――『新しい土地での純喫茶開拓』と『遠恋』」

「なるほど。『新しい土地』はそれだけ見たら進学とか、状況の変化にしか思えないけど、そこに『遠恋』を足すと、純喫茶に行きたくても行けない感じがする」

もしかしたらシマダ先輩が行く場所は、純喫茶が少ないのかもしれない。そう考えると、東京よりも人口の少ない都市の姿が浮かんだ。

「あ、今思ったんだけど」

タキタが画面を覗き込んで言う。

「インスタグラマーってさ、いつまでもいるとは限らないよね」

「まあ芸能人じゃないし、長く続けるかどうかはその人次第だね」

セラの返事を聞いて、タキタは「うん」と答えた。

「そしたらさ、もしアラタの言うようにシマダ先輩が遠くへ進学した場合、戻ってきた頃には、幸雄はもういないかもしれないんだよね」

その意見に、俺ははっとする。

「そういう意味でも、今が最後のチャンスだったのか」

すると、またコウが哲学的なことを言い出す。

「今しか存在しない『好き』か」

その儚く、形のない想い。でも今この瞬間にしかないものは、きっとある。

「そう考えると、テラウエ先輩がカントリーマアムを握り潰す勢いで拳を振り上げた。

「そう考えると、テラウエ先輩が全力で応援したのもわかるね」

「いいねボタンがあったら、百連打したい！」

うん、いいな。すごくいい。

兄ちゃん、俺は結構いい部活を選んだみたいだ。

気分が良くなった俺は、ほぼ空になったカントリーマアムの箱を机の上に置き、ゲームの『太鼓の達人』の声真似をしてそれを指で叩いた。

「はい、連打〜！」

バカみたいにウケなかった。

だから、ごめんて。

それは王朝の

最近、俺たちは結構一緒に出かけている。ように見えるらしい。

「おやつ部は仲良しだね～」

喫茶部の中で、そんな風に言われる。

シマダ先輩とテラウエ先輩の件なんかで、よく集まっていたのが印象的だったのかもしれない。そしてその理由を知る二人は卒業してしまったため、「集まっていた」という事実だけが残った、的な。

しかし実のところセラ以外の全員が何らかのオタクなため、週末はそれぞれの活動で忙しかったりもする。コウは鉄道、俺はオカルト、そしてタキタはアニメと声優。

（とかいって、俺は「活動」してないんだけど）

同じオタクでも、電車に乗ったり廃線跡を見に行ったりする鉄オタは案外アクティブだし、タキタもアニメの原画展や声優のイベントなんかで外出することが多い。それに比べて俺はオカ板を読み、都市伝説の検証動画なんかを見るだけで、ほぼネットオンリー。本屋や図書館で調べ物はするけど、まあ動かない。

「えー？　土日？　犬の散歩したらあとは寝っ転がってお菓子食べてマンガ読んでるよ〜」

ある意味、無趣味のセラの方が健康的かもしれない。

ただ、ちょっと分けあえる部分もあって。

「今週、日曜日ってヒマ？」

タキタが部室のテーブルにべたりと両肘をつきながら俺たちを見上げる。

「ん。その頃って春休みだよね。私はヒマだよ」

セラがリュックから棒状のものを引っ張り出して目の前に置く。

「日曜日――時間によってはオーケー」

同じようにコウも筆箱ほどの長さのものを引っ張り出す。

「俺は特に予定なし。どヒマ」

続けて俺も、すらりと抜く。これぞ伝説の太刀。

「ならさ、つきあってほしいところがあるんだけど――」

そう言ってタキタは身を起こすと、手を交差させてブレザーの両ポケットからそれを引き抜く。二刀流か。

「お、すげえ。ひとつもかぶってない」

せーので出したのは、ブルボンのプチシリーズ。自分の好みを持ち寄ったら、見事にてんでんばらばらだった。セラはポテトチップのコンソメ味、コウはうす焼、俺は塩バニラクラッカー。そしてタキタはチョコラングドシャとホワイトチョコラングドシャの黒白コンビ。

俺たちは、事前に約束して互いのおすすめを出し合う程度には仲が良い。

「いやー、どれも鉄板だよね」

さっそく袋を開けて、セラが小さなポテトチップをつまみ上げる。

「ていうかプチシリーズにはずれってなくない？」

俺の言葉に、コウがうなずく。

「ところで、つきあってほしいところってどこなんだ？」

俺はタキタの開けたチョコラングドシャを口にぽいと放り込みながらたずねた。するとタキタは「モール」と答える。

「モール？　いつも行ってるあそこ？」

何かイベントでもあるの？　セラの質問にタキタはうなずく。

「アニメの原画展と声優のミニライブがあるんだけど、そのライブの方」

「え。でも俺、たぶんそのアニメ見てないし、声優さんも知らない人だよね」

コウの言葉にタキタは深くうなずく。

「じゃあ、なんで」

俺が首をかしげると、タキタは「一人だとまずいんだよね」と塩バニラクラッカーを口に入れた。

「あ、これおいしい。あまじょっぱバニラ」

「だろ。俺さ、これが一番好き。百均行ったら絶対買うし」

クオリティ高いよねえ。セラが目を細めながら味わう。

「一人だとまずいっていうのは、イベントが夜とかそういうこと？」

コウの質問に、タキタは首を横に振った。

「そういう——なんていうか危険とか親から止められてるとかじゃなくてさ。会いたくない相手がいるんだよね」

「会いたくない相手？」

「うん。イベントとかで会うと、必ずなんか言ってくるんだよ。前は仲よかったんだけどさ。でも他に友達がいれば、声かけてこないかなって」

「イベントで会うってことは、同じ趣味の奴？」

俺の言葉にタキタはうなずく。

「同担。つまり、推しが同じ」

「女？　そもそもだけど、同い年？」

コウが塩バニラをもぐもぐしながら首をかしげる。

「女で、年も同じ。住んでるとこや学校は知らないけど、近場のイベントで知り合って、それからも会うから近い地域に住んでるんだと思う」

「『解釈違い』で揉めたりしたのか？」

俺の質問にセラが首をかしげる。

「解釈違いって、なに？」

「うーん、まあたとえば登場人物のカップリングとか、結末の読み解き方とか、そういう部分の意見が違うって感じかな」

「それな」

タキタがぴっと人差し指を立てた。

「でもさ、正直覚えがないんだよ。私は推しを変えたりしてないし、相手の解釈を悪く言ったりもしてない」

そうなんだ。セラはうなずくと、ラングドシャの白と黒、両方を一つずつつまんでそれを同時に口に入れた。

「なんだその食べ方」

コウがまじまじと見つめる。けれどセラはそれを気にもせずもぐもぐ食べる。いやお前らどっちか気にしろ。

「一度やってみたかったんだよね。でも、普通においしいなあ」

「なるほど。味の化学反応は起きなかったか」

コウが真顔で納得したようにうなずく。そのやりとりが面白くて、俺はつい吹き出してしまった。そんな俺を、タキタがじろりと見る。つかダブル食いはスルーかよ。

「ごめんごめん。で、その相手っていうのは言ってくるだけ？　手を出してくるとかはないのか？」

「ないない。でも嫌味っていうか——上から目線っていうか——とにかくお説教っぽいことを言ってくるんだよね」

「なんかめんどくさそうだね」

セラが、清々しいほどそのままの感想を口にした。しかしタキタは「わかってるねえ」と言わんばかりの表情で深くうなずく。

「そう。危険とかじゃなくてめんどくさいんだよ。だから普段はできるだけ遭遇しないように動いてるんだけど、ライブって場所と時間が決まってるからさ」

「席を離れたところにとるとかはできないのか」

コウの質問に、タキタは首を横に振る。

「ミニライブだから、立ち見なんだよ」

ああ、モールの一階の広場でよくやってるやつか。

「でも、それなら逆にいつでも移動して逃げられるんじゃないのか？」

俺が言うと、タキタはいきなり立ち上がった。

「そんなんできるわけないっしょ。推しに申し訳なさすぎる！」

「え」

「観客がフラフラしてたら、気が散るじゃん。ああ、興味ない人が多いんだなって落ち込むじゃん！　そんな目に、あわせたくないいんだよ」

えええ。俺がひいていると、コウが「アーティスト視点かよ」と突っ込んでくれた。タキタはそれを聞いて我に返ったのか「ごめん」と言いながら着席する。

「だからまあ——できれば前列で動かないでいたいわけ。でも場所的に目立つし、一人だと話しかけられそうだから」

「相手も推しを見てるんだから、動かないとかはないの？」

セラの質問には、俺が答えた。

「タキタが気にしてるのは、ライブの後だろ」

「ああ、そっか」

ライブの後は人が一斉に動くだろうし、普通のライブと違って出口があるわけじゃない。つまり、どの方向から相手が来るかがタキタにはわからないのだ。

「迷惑なお願いなのはわかってる。でも推しが近所に来るなんてもうないと思うし」

立ってるだけでいいから！　机に額をくっつける勢いで頭を下げられて、俺たちは顔を見合わせる。

「いいよ〜。もともとヒマだったし」

セラが言うと、コウも「黒白ダブルに免じて行くか」とうなずく。そしてメンバー内で一番暇な俺も当然。

ただ、ひとつ気がかりなことがあったのでタキタにたずねる。

「あのさ、俺たちってその人のファンじゃないよな。で、そういう人が前列にいるのってどうなんだろう?」

「確かに。タキタが最前列にいるとしたら、その近くにいないとだし」

セラが言うと、タキタが「ううう」と大げさに頭を抱える。だからそのマンガムーブがさ。

「そうなんだよ。実は私もちょっとそれ考えてたんだけどさ」

「タキタの理論で言うと、ファンでない奴がファンより前にいるのって『失礼』になるんじゃないのか?」

コウの意見に、全員が「うーん」と考え込んだ。するとしばらくして、セラが「はいっ」と手を上げる。

「とりあえず、ライブ中はタキタより後ろで、でも何かあったらすぐそばに行ける位置にいればいいんじゃないかな?」

で、ライブが終わったらすぐ近寄ってさ。セラの意見にタキタはうなずく。

「だよね。多分それが現実的」

「万が一、ちょっと前に出ちゃったらごめんだけど、そこはショッピングモールだから許されるような気もするな」

俺の意見に、コウが「だよな」と同意する。

「この声優って子供向けのアニメにも出てるみたいだし、色んな人が立ち止まって見ていくなら、そう失礼にもならないんじゃないかな」

「ライブ中はファンの人に前を譲るようにして、終わったら『あー! 来てたんだ〜!』みたいに駆け寄ればいいと思う！」

「いいねいいね。そこはぜひ、みんなの演技力を発揮してもらうってことで！」

セラの言葉に、タキタは両手で大きく「丸」のポーズを返した。だからさ、近距離だし見えてるし。

＊

終業式のあと、最後の打ち合わせを兼ねて部室で集まった。

「ちょっと待って。え。開店前から並ぶの⁉」

セラが驚いたように声を上げる。けれどタキタは当たり前のことのように「もちろん」と答える。

「ライブやるのに、開店前からファンが詰めかけたっていう事実は残さないとね。でもそれは私だけだから大丈夫。みんなはライブの時間通りに来てくれれば」

「でもそのめんどくさい奴も来るんじゃないのか？」

コウの言葉に、俺とセラがうなずく。

「来ると思う。でも列の前後にさえいなければ、問題ないと思う。あっちもよく鍛えられたオタクだからね」

よく鍛えられたオタク。俺の頭の中には、グリーンベレーもかくやという感じのごついおっさんが浮かび上がった。

「一応、過去のモールのイベントについて調べたんだよ。そしたら開店前から人が並んだ時は、整列用のロープが張られて、会場まで並び順に誘導されるみたい」

タキタがスマホの画面にモールのフロアガイドを広げて、指でルートを示す。

「正面入り口から入って、中央ホールまで。他のお客さんの邪魔にならないよう、通路の端を通って案内される。あとはその順番のままホールの柵の中で待機」

「モールが開くのは十時だよね。で、ライブは」

「十三時」

ええええ。全員が同じような表情でタキタを見た。

「飯は、どうすんの」

コウが珍しく動揺した声を上げる。

「菓子パンとか立って食べられるもの持ってくし平気だよ」

「でも開店前からライブ終わりまで立ってるってことだよね？　それ、何時間⁉」

セラの質問に、タキタは平然としたまま答える。

「ライブは一時間くらいだから、九時には来てるとして五時間？」

「五時間、立ちっぱなし⁉」

セラが悲鳴のような声を上げる。

「百均で買った折りたたみ椅子持ってくよ。現地で使えるかどうかはわからないけど」

「いやそれ健脚すぎだろ」

思わず言うと、タキタはにやりと笑う。

「コミケと比べたら、むしろ楽とも言えるが？」

えええええ。またもや全員が同じ表情になった。いやだってコミケって、そんなに壮絶なものだっけ？　ていうかタキタの推しジャンルの人気がすごいってだけのこと？

「てかトイレは？　一人なのに、トイレ行きたくなったらどうすんの⁉」

セラの指摘に、さすがのタキタもちょっと表情を変えた。

「うーん、水分控えるかなー」

「でも冷えるよね」

セラの言う通り、三月末とはいえ朝はまだかなり寒い。外にいるのは一時間程度だとしても、その後を考えると一人ではつらそうだ。

「そんな健康に悪いの、良くないよ。だからさ、開店したら私はすぐ行く。それでモールをぶらぶらしてるから、トイレに行きたくなったら呼んで？」

えええええ？　今度はセラを除く全員が同じ表情になる。

「なにそれ。トイレ要員？」

タキタがぶはっと吹き出すと、セラは大真面目な顔で胸を張った。

「トイレ要員、重要だよ。生理現象を我慢して病気になったら大変だし」

それはそうだ。水分を控えるのもよくないって聞くし。

「じゃあ、俺たちも行くか」

俺が言うと、コウもうなずく。

「トイレ要員——そんなに？」

「だってセラ一人じゃ退屈だろうし、みんなで通路のベンチでダラダラしてれば、時間も潰せると思う」

「そうそう。なんならフードコートで食事もとれるし」

「俺はもともと鉄道雑誌買いたかったから、書店をうろついてるよ」

口々に言うと、タキタはぐっと唇を嚙み締める。

「みんな、ありがとう」

いいよそれくらい、とセラが笑ったところでタキタは深く頭を下げた。

「この恩は、いつか必ず——！」

時代劇か。そうつっこもうとしたところで、タキタが指を三本立てる。

「三倍返しだ！」

だから。古いし、なんかジャンル違うし。

動き方はわかった。でも、そもそもの情報が足りてない。

「タキタ。その相手について詳しいことを教えてくれないか」

敵を知らずして計画は立てられない。俺が言うと、タキタは初めて少しバツの悪そうな表情を浮かべる。

「あー、うん。ええとね」

その人物の名前はサノイ。本名は当然ながら不明。年齢も不明だが、おそらく高校生で同い年のような感じがするとのこと。そしてリアルで会ったのは四回ほど。

「さっき話したけど、知り合ったのは近場のイベント。推しのライブに行った後、ＳＮＳに自分の写真を上げたらリプくれたのがきっかけ」

「自分の写真――？」

写真を公開できるようなＳＮＳを、タキタはやっているんだろうか。pixiv が主戦場だと言っていたのは知ってるけど、あれは写真じゃないし。

「もちろん顔は隠して、だよ？　写したのは首から下。推しイメージのコーディネートが上手くいったから、つい。背景だって推しのライブの看板だったけど、日時の表記とか写さないようにして場所バレだって気をつけてたし！」

言い訳のように喋りまくるタキタ。でも、そもそもタキタは情報に関してリテラシーがきっちりしてるイメージがある。なのに、自分の写真をアップした？　しかもそれに反応してリプライが来たということは。

「Twitter は鍵垢だと繋がれないし、でもオープンに顔なしとはいえ写真を載せるのはなんか違う気がするし、そもそも Twitter だと使う層が広すぎるし――てことはインスタ？」

俺が首をかしげると、タキタは顔を歪めて「だからさあ」とつぶやく。

「え。でもこないだインスタやってないような話をしてなかった？」

セラが不思議そうに言うと、タキタはがっくりとうなだれた。

「――アラタにはバレると思ったんだよ」

「え、どういうこと？」

コウがぽかんとした表情のまま、プチシリーズをつまむ。

「――黒歴史！　イタい中学生の記憶なわけ」

そう言われて、俺は瞬時に理解した。

「なんか――ごめん」

「いいよもう。どうせ説明しなきゃいけなかった気もするし」

どゆこと？　という顔をしたままのセラとコウに、俺は説明する。

「つまりタキタは、中学生の時にインスタのアカウントを作って、今は消してるってこと。今回の相手とは、そこで知り合った」

「え。なんで消しちゃったの」

セラ、それは傷に塩をすり込むような発言だが。

俺はちらりとタキタを見る。すると「どうにでもしろ」と言わんばかりに手でうながされ、しょうがないので「イタい」話を続ける。

「だから――『黒歴史』って言ってるくらいだから、ちょっとイキったとか盛ったとか、そういうことがあったんだろ。もしくは、今回の相手と揉めたのが原因かもしれないし」

「ああ、なるほど。中学生で初めてスマホを持ったとき、やりがちだよな」

コウが素直にうなずく。いやそれも素直に塩すり込んでるけど。

「アカウントを消したから、現在は相手——サノイの動向がわからない。でも推しが同じだし、どうやら近い範囲に住んでるっぽいから自分が行くイベントで遭遇しやすい。それで合ってる?」

「合ってる」

タキタは机に頰をつけたまま答える。

「ちなみにだけど。サノイから連絡が来たとき、タキタはどんな写真を上げてたんだ?」

コウの質問に、タキタは「ううう」とうめき声を上げた。超絶マンガっぽいけど、気持ちはわかる。

「——そのとき推しの出てたアニメに合わせた服を着たとこ」

「それってコスプレ?」

セラ、やめて差し上げろ。

「——違う。ただ偶然、親戚からお下がりでもらった服がそれっぽくて」

「どんな服だったの?」

「……白黒で、飾りが多めのワンピースで」

うわ。なんとなく、わかってしまった。ていうかなんでセラじゃなくて俺が先にわかるんだよ。でも武士の情けとして、タキタが自分で言わされる前に指摘することにした。

「それ、メイドっぽいやつ？」

するとやはりというかなんというか、タキタが「当たり〜」と小さな声でつぶやく。

「そしたらサノイが『すごく世界観に合ってて素敵だね』ってメッセージくれて、次のイベントで会えたらいいねって話になって」

そして数回、イベントで会って喋ったり一緒に物販に並んだりしたらしい。

「一応さ、中学生なりにお互い警戒っていうか、ためらいはあったんだよ。だから会ってすぐに本名名乗ったりしなかったし、学校や住んでるとこも聞かなかった」

「へえ。二人とも、中学生にしてはしっかりしてたんだな」

コウが感心したように言った。

「まあね。あっちもよく訓練されたオタクだからさ。ネットリテラシーは履修済みっていうか」

「別の場所でお茶したり会ったりはしてなかったの？」

セラの質問に、タキタは顔を机につけたまま、ずりずりと動かす。横に振っているつもりらしい。

「中学生だから、そんな予算なかった。推しに使うだけで精一杯で。座るなら公園のベンチ一択だよ」

そりゃそうだ。だからライブも毎回は行けず、物販も選びに選んだひとつしか買えなかったとタキタは語る。

「――でもさ、だからこそ？　会場近くのコンビニでジュースと袋菓子買って喋り倒すのが、楽しかったんだよねえ……」

「そういうの、なんかわかる」

小学生よりは自由だけど、高校生よりずっと不自由。今は大人に寄ってる気がするけど、中学生の頃は子供に寄ってた気がする。今だって使える予算に限りはあるけど、年齢的にクリアできる部分も増えてきた。たとえば中学生二人じゃファミレスに入るのにもためらうけど、今ならフツー、くらいのレベルではあるけど。

「最初は仲よかったんだよな。いつからおかしくなったんだ？」

コウの質問に、タキタは「それが、わかんないんだよね」と答える。

「完全に『おかしいな』ってなったのは三回目か四回目くらい。でも今から思うと、二回目くらいからその気配はあったような気もする」

「気配？」

セラが首をかしげると、タキタは口ごもる。

「うまく言えないんだけど、軽くつっこまれてるっていうか、そんな感じ。『えー？　推しに対してそれはないでしょー笑』みたいな」

つっこみ寄りの軽口。仲がよければスルーできることだけど、付き合いが浅い相手に対してはあまり使わないかもしれない。

「サノイは、口が悪いタイプなのかな」

俺の言葉にタキタは「かも」と答える。

「わりとシニカル。でも責任感も強いみたいだから、間違ったことはしなそうなんだよね」

それを聞いて、ようやく俺はタキタの悩みがわかった。

「そうか。間違ったことをしなそうな相手からディスられたから、困ってるのか」

もともとタキタは、というかタキタ自身こそが間違ったことを嫌うタイプだ。なのに似たようなところを持つ相手につっこまれて、その原因がわからない。わからないけれど、多分自分に非があったのだと思っている。

「え。じゃあタキタは、自分が何か悪いことをしたって思ってるの？」

「たぶん――そうなんじゃないかと――」

「それで、アカウントを消した」

「うん。まあ、そんな感じ」

一応さ、とタキタは続けた。

「確認してみたんだよ。私、なんか嫌なこととかしたかな？　って。でも」

「でも？」

さらにうながすと、タキタは目を閉じる。

「笑って、答えてくれなかった」

笑って？　俺たちは顔を見合わせる。

「笑って、『そういうの、自分で気づかなきゃダメだよ～』って言われて、ああこれは無理だなって思った」

だって、どんなに考えても気づけなかったから。そうつぶやく。

「で、アカウントを削除した。会わなきゃあっちも不快にならないと思って。そしたらもっと色々言われるようになって、イマココ」

つかの間、沈黙が満ちた。部室のざわめきがやけに大きく聞こえる。紅茶の蒸らし時間がどうとか話してるのは誰だろう。

何か解決策を出したいけど、いい考えが浮かばない。ＳＮＳでのやり取りはすごく個人的だし、俺はその声優のこともアニオタについても詳しくないから、タキタとサノイにしかわからない何かがありそうな気がして。

「あのさ」

最初に口を開いたのは、セラだった。

「二人の間のことはわからないけど、私はタキタがつらい思いをしてるのは嫌なんだよね」

タキタはゆっくりと顔を上げる。

「……うん」

「だから、とにかくガードする。――してもいい？」

「――うん。ありがと」

「セラ、それって物理的な意味？」

コウが直球でたずねると、セラは否定するどころか力強くうなずいた。

「もちろん！　むしろ物理がメインだよ」

「マジか」

俺がつぶやくと、そこでようやくタキタが笑い出す。

「物理、最高だね」

*

感情は、わからない。でも物理なら防げる。

コウと俺は、セラの理論に感動した。

「すごいな。なんていうか――確実だ」

「だよな。なんか話すと『関係ないでしょ』って言われそうだと思ってたんだ」

口々に告げると、セラは得意げに胸を張った。

「嫌なこと言われる前に、まず物理的に距離を離す。簡単でしょ」

午前十時。ショッピングモールの開店時間ちょうどに俺たちは入り口の前に着いた。やっぱり寒い。長時間外に並ぶなら、カイロ必携って感じだ。

「あれじゃないか？」

入り口の端から伸びる人の列を指して、コウが言う。少し近寄ってみるとロープが張られ、最後尾にはライブの列だということを示すためかスタッフらしき人がプラカードを持って立っているのがわかった。女子が八割って感じだけど、男性ファンもちらほら混じっている。

「結構いるね」

春休みだから、遠くから来ているファンもいるのかもしれない。

列はタキタが事前に言っていたとおり一列で、追い抜いたりはできないようになっている。

それがわかってちょっと安心した。

「どの辺かな」

通りすぎるふりをしながら列を観察すると、やはり似たようなカラーリングの服を着ている人が多い。

「白黒のモノトーン系と、なんか紫っぽい服の人がいるな」

コウの言葉に俺はうなずく。

「白黒はタキタも着てたっていうメイド系のイメージだろう。この声優のヒット作が執事が出てくるような館が舞台みたいだから、それがファンの基本ファッションみたいになってる。あと紫に関しては、この声優が所属する声優グループ内でのイメージカラーだ」

「アラタ、めちゃめちゃ詳しいな」

「一応、基礎知識は入れてきたから」

俺は、タキタと共通言語が多い。オカルトと声優という違いはあるものの、マニアックなファンがいて同人誌を買うという文化においては同じ雰囲気があるからだ。

セラはもともと非オタク体質だし、コウは鉄オタだけど同人誌を買うようなタイプじゃない。

だからこそ、今回は俺が通訳になるべきなんじゃないかと思っている。

「あ、いた」

列の真ん中くらいに差しかかったところで、セラが声をあげた。見ると、そこには黒いジャケットとロングスカートに身を包んだタキタがスマホを片手に列に並んでいる。とはいえ派手なフリルやリボンがないあたり、「そのまま家を出られる」格好なのかなとも思う。

「いちお、送っとこ」

視線を合わせないまま、セラは自分もスマホを取り出した。するとタキタが、何かに気づいたように顔を上げる。グループＬＩＮＥに登録しているコウと俺のスマホにも、同時に通知が来た。

『左側歩いてるよ』『いるからね』

それに応えるように、タキタが目立たないように体の横で小さく手を上げる。

「サノイはいるんだろうか」

コウが目をこらすように細めた。

一応、写真は見せてもらっている。でもそれは一年以上前のものだし、服や髪型が違っていたら正直判別できない。

「とりあえずタキタの前後にはいないみたい」

よかったね。セラの言葉にコウと俺はうなずく。

モールの中に入り、ぶらつくフリをしながらタキタの列が入ってきた中央ホールの周辺を観察した。あまりじろじろ見ていても目立つので、一周したところで切り上げてエスカレーターで二階へ上る。

サノイのような雰囲気の女子を見つけはしたが、複数いるので絞りきれない。

「一人で来てるのが怪しいんじゃないか？」

二階の吹き抜けからホールを見下ろしながらコウが言った。

「そうだね。タキタに文句言いにくるのって、連れがいたらしないよね」

そこで一人の客を探してみると、候補は数人に絞られる。

「あれ、あの頭にも飾りをつけてる人。それっぽくない？」

セラが示したのは、気合の入った服を着ている女子だった。モノトーンというだけではなく、いわゆるゴスロリ系のフリルが多めのワンピースに、帽子みたいな髪飾りまで着けている。

「ぽいな」

少しの間見ていると、その女子が周囲をちらちら見ていることに気がついた。知り合いを探している、という明るい雰囲気ではなく、気づかれないように何かを気にしている感じ。

「——うん、当たりっぽい」

「でも確証はないから、注意だけしておこう」

そう言うと、セラとコウがうなずく。

（あの女子とタキタは、どれくらい離れてるんだろう？）

さらに階下を探すと、タキタは結構前の方にいた。ステージ正面から左。最前列ではないけど、見やすそうないい位置だ。そしてそこからサノイらしき女子までは、結構離れている。彼女はステージ正面から右側にいるので、対岸といったところだ。ただ、大きなホールではないし人数もそこそこなので見つかるのは時間の問題かもしれない。

「タキタが抜けるのは難しそうだな」

一度並んでしまうと、その場から動くのは雰囲気的にNGな気がする。

「んー、でもライブが終わるのって二時でしょ？　それまで誰もトイレに行かないとかってなくないかなあ」

そう言うと、セラはぱっと身を翻（ひるがえ）して歩き出した。

「ちょっと係の人に聞いてくる！」

こういうとき、俺はセラのことをすごいと思う。だってこれは最短ルートだ。ああだこうだ考えて、気づかれないような抜け道的手段を講じる時間をすっ飛ばす。

たとえば道に迷ったとき、俺はまず地図アプリを見る。それで歩いてみてわからなかったら、リアルの地図を見る。でもセラは「おまわりさん！」で、次点がその辺を歩いている人だ。すると「わかる／わからない」の二択の他に「わからないけどあの人はわかる」とか「わからないけど交番はあっち」みたいなルートが出てくる。そしてその中に最短ルートがあることが多い。

たぶんセラは、信頼しているんだと思う。人とかシステムとか、すべてのものを。だから最短に直接アクセスできる。そして俺にはできない。なぜなら、いつも色々なことを疑って、斜めの角度から見ているから。

（まっすぐ、ってこういうことを言うんだろうな）

ちなみにタキタとコウも最短ルートを選ぶことができるタイプだけど、二人はどちらかというと効率的かどうかで決めている感じがする。まあ俺も、最終的にはこっちになるわけだけど。

そんなことを考えているうちに、セラが階下から戻ってきた。

「大丈夫だって。整理券の番号順に並んでるから、ライブの三十分前までならちょっと抜けても元の場所に戻れるって」

「代理も必要なかったか。それはよかったな」

さっそくタキタに教えよう。そう言ってコウがＬＩＮＥにメッセージを送る。するとすぐにグループＬＩＮＥに返信がきた。

「十一時半になったら、食事とトイレのために抜けるって」

今は十時半。それまでは待機していてほしいということなので、時間を潰すため俺たちは再びホールを観察しながら周囲の店をぶらつくことにした。

「あ、一応サノイっぽい人のことも送っておこう」

セラがタキタに特徴の似た女子がいるということと、その位置を送る。

「わ、当たりだって」

どうやらタキタもあの女子には気づいていたらしい。ん？　ということはもしかして。

「ちょっと待て。タキタがわかったってことは、あっちもわかってる可能性が高いぞ」

「かもね。でも、ライブが終わるまでは大丈夫なんじゃない？」

そんなセラに向かって、俺は首を横に振った。ものごとを斜めから見る性格を舐めないでほしい。

「いや。わかってるってことは、タキタが動くのと同時にあっちも出てくる可能性があるだろう」

ていうか、もし俺だったら絶対にそうする。

理由はわからないけど、何かが気に食わない元オタ友。イベントのたびにあっちも来るから、イライラする。そんな相手が、ライブの前に抜ける姿を見たら。

（自分も抜けて、何してるんだって文句を言いに行く）

だから俺たちは、それを防がなければいけない。セラとコウにそう説明すると、二人は「なるほど」という顔をしてうなずいてくれた。

「要するに、タキタが見つからなければいいわけだ」

コウは歩きながらモールの案内図のところを指差す。

「今回、サノイにとってここはアウェーだろう。タキタは近くに住んでると言っていたが、ここで遭遇するほど近所じゃないみたいだし。だったら俺たちは、そのアドバンテージを利用すればいい」

「そうだね。私たちはここに詳しいんだから」

そこで俺たちは、ホールにいるタキタが逃げ切れるようなルートを考える。

まず、ホールの列から離れた時点ではサノイが後ろについてきていると仮定した。

「それをブロックするには——タキタにエスカレーターに乗ってもらう」

コウの意見に、俺はうなずく。

「俺たちが他人のふりして、二列で乗ればいいんだな」

「あ、なるほど！」

セラはうなずくと、案内図の端を指さす。

「そしたらさ、これ。まずトイレ行くとして、エスカレーターから近くてわかりやすいトイレは避ける。行くのは、こっちがいいよ」

指の先にあったのは、洋服売り場の奥にあるトイレ。

「ここね、男の人の服を売ってるところの奥なんだよ。だから女子トイレがあんまり混まないんだ」

なるほど。確かに俺たちだって、女性の服の売り場から先にあるトイレにわざわざ入ろうとは思わないもんな。

「じゃあエスカレーターでブロックしつつ、タキタには紳士服売り場方面に消えてもらうと」

コウが流れをスマホに打ち込む。

「でも、もし方向がバレたら？」

「そしたら——うーん、さらに曲がって、本屋さん。ここも、奥に目立たないトイレがある」

「ていうかセラ、トイレに詳しくね？」

俺が突っ込むと、セラはえへへと笑う。

「出かけた先で非常事態にならないよう、トイレは調べる癖がついてるんだよねえ」

「それでも追ってきたら？」

「うーん。最悪、私が偶然ぶつかるとかかなあ」

やりたくはないけど。その意見にコウと俺はうなずいた。できることなら、穏便に済ませたい。

「トイレはそれでいいとして、食事とかはどうするんだ」

コウの質問に、俺は「逃げきれたなら空いてるベンチとかでいいんじゃないか」と答える。

「もともとそんなに長い時間、会場を離れられないだろ。なんなら最初言ってたみたいに立ち食いでも」

それにサノイ自身だってホールに戻らなければいけないわけだし、最初に見失ってしまえば深追いはしないだろう。

「だね。あくまでもメインはライブだもんね」

セラの言葉にコウはうなずきながら、一連の計画をグループＬＩＮＥに上げた。

*

十一時半、の直前。俺たちはエスカレーターの近くで待機している。

「抜けてきた」

コウがつぶやくと、セラが俺たちから離れてエスカレーターで上に移動する。二人で動くより、二手に分かれた方が作戦の精度が上がるとコウが提案したからだ。

「あっちも動いたな」

俺の言葉にコウがうなずく。サノイらしき人物は、タキタが動き出したのを見ると同時に同じ方向に移動を始めている。とはいえ、ライブの列から抜けるには時間がかかるのですぐには追いつけない。

タキタは後ろを振り返らずに、まっすぐエスカレーターに向かって歩いてくる。そして段に足を乗せたところで、サノイらしき人物が列の後ろについた。間には五人ほど。その中の二人が俺たちだ。

「行くぞ」

小さな声で示し合わせて、コウと俺はエスカレーターに乗り込む。そしてすぐに横に広がった。これで追い越しができなくなる。

サノイは、案の定追い越そうとしていたようですぐに段を登って俺たちの後ろについた。「邪魔なんだけど」というオーラがバリバリに出ている。でも最近のエスカレーターには「二列で乗ってね」という注意喚起のシールが貼られているし、俺たちを非難することもできない。さらに言えば、駅のエスカレーターでもないのでサノイ以外の人はそこまで急いでもいないわけで。

「てかさあ、今日の昼何食う？」

「ラーメンかなあ。それともハンバーガー系？」

どうでもいい会話をしながら、俺たちは二階に向かって進む。先に到着したタキタは、足早に紳士服売り場へと向かう。俺たちはわざとゆっくりエスカレーターから降り、その脇の手すりのところでさらにダラダラと喋るふりを続ける。

そしてそれに苛つきながらもタキタを追いかけようとするサノイに、セラがいきなり正面から立ちふさがった。

（え）

確か予定では本屋まで待つんじゃなかったっけ。コウと俺は顔を見合わせる。

「え？」

サノイが声を上げる。

「あ、やだ。ごめんなさい」

果たし合いかというレベルで対面していたセラは照れ臭そうに笑うと、ぺこりとお辞儀をした。

「なんか、狭い道でのお見合いみたいになっちゃった。ここは広いのに」

要するに、ルートが同じで正面衝突しそうになったのだと言いたいらしい。でも周囲はするする動いているのに、あまりに不自然だ。不自然すぎるせいか、サノイも怒るというより困惑している。

「あ、そう――」

面倒な奴には関わらない方がいい。サノイはそう考えたのか、軽く会釈して通り過ぎようとした。いやもう俺だって同じシチュエーションならそうする。

けれどセラはひるまなかった。

「ねえ、もしかしてライブに来たの？」

「え？　なに？」

「だってほら、その服。すっごい素敵」

セラに言われて、サノイはさらに戸惑う。

「あ、ありがとう――？」

「あの声優さんのイメージなの？」

「あ、うん。そうだけど――」

「そういうの、いいね。世界観合わせて楽しむのって」

セラの言葉で、俺はあらためてサノイの全体を見た。上から見ていた時は頭の飾りが目立っていたけど、こうして立っているとワンピースや編み上げのブーツ、それに手に提げたバッグにまで気を使っているのがわかる。

（同じブランドのもので、揃えてるんだろうか）

そう思うくらい、全体の質感が同じだった。さらに髪は三つ編みにしたあとリング状にするという手の込みようで、ファッションに興味のない俺でも「すごいな」と思ってしまうほどの出来だった。

「うん――ありがとう」

そこでサノイは初めてちゃんとセラの顔を見た。

「これね、ヴィンテージなの。だからあちこち直してるし、今日のために作ってきたものもあるから、そう言ってもらえると嬉しい」

「え？　自分で直してるの？　すごいね！　作ったのってどれ？」

するとサノイは、手に持ったバッグを示す。

「これ」

「うそ。マジすごい。これ普通に売り物じゃない？」

「元はね、三百円ショップのシンプルなバッグ。それにアイロンでプリーツを寄せた布を貼って、持ち手にはリボンを巻いたの」

「ちょ、なにそれ天才。すごいね！」

セラの言葉に、サノイは笑みを浮かべた。

「ありがと」

そしてスマホを取り出すと、「ごめん、ライブ前に鏡見たいんだった」と言う。

「あ、すぐそこにお手洗いあるよ」

セラはエスカレーターに一番近いトイレを指差した。

「ありがとう」

「ライブ楽しんでね」

手を振りながら別れた二人を、コウと俺は呆然と見つめていた。

『おかげで無事に済ませたよ。食事はベンチでカロリーメイト貪(むさぼ)った！　ありがとう！』

タキタからのＬＩＮＥを見て、セラがえへへと笑う。

「よかったよねえ」

「うん。よかったけど」

「けど？」

「なんでさっきサノイと話したんだ？」

コウがたずねると、セラは「うーん」と腕組みをした。

「なんかさあ、どんな人か気になっちゃって」

「マジか。勇気ありすぎだろ」

「勇気じゃなくて、興味だよ。それで向かい合ってみたら、お洋服がすごくてびっくりしちゃった」

「俺にはすごさがよくわからないんだけど、アラタもそう思うのか？」

「そうだな。俺も詳しくないけど、ただ雰囲気に合わせただけの安っぽい服じゃないことはわかったよ。なんか、信念を感じるっていうか」

「そうそう！　信念、わかる。なんか背筋伸びてる感じした。カッコいいよね」

俺はその意見に納得する。そう、格好良かったのだ。サノイは。だからこそ、言いがかりをつけてくるような人には見えない。

「――まあ、ライブ後もさっきみたいに物理で離しておくことができたらいいな」

そうつぶやくと、二人がうなずいた。

*

来ている以上、歌とかが聞こえてくる。そうなるとなんとなく、二階の吹き抜けの手すりから下を覗いて見てしまう。

「声優って職業は大変だな」

コウがしみじみと言う。

「俺は、声優って声の演技だけすればいいと思ってたよ」

「今は人気のある人はアイドルみたいだからね」

ステージ上と同じ手振りをしながら、セラが答える。トークにライブにダンス。確かにこれはアイドルのスキルだ。そして場所が春休みのショッピングモールのせいか、知らない人でも参加しやすいよう、有名なアニメの曲を多めにやっている。

「うわあ、楽しいね。こういうの見ちゃうと、今度この人の出たアニメを見ようかなって思うよ」

まんまと乗せられすぎでは。と思わなくもない。でも楽しそうなのでそれはそれでいいかな。

約一時間のステージが終わり、列を区切っていたロープの中から人が出てきはじめた。タキタとサノイは前の方にいたので、出てくるのは最後の方になる。混雑防止に出口が決まっているので、整列したまま人が押し出されてくる。ここでもサノイは人を追い越すことができない。

(運営、ナイス……!)

将棋倒しなどを防ぐためだと思うが、この「すべて整列のまま」というシステムに俺たちは助けられた。

そして二階から降り、ロープの外側に待機して再び追ってくるサノイを物理的にブロックする。予定だった。しかし。

「ねえ。あなたたちさっきもすごい邪魔だったんだけど」

「え?」

二回目のせいか、言われてしまった。立ち止まる俺たちの周りを、モノトーンと紫の人たちが水の流れのようにするすると流れてゆく。

「なんか不自然だし――」

サノイは、離れた場所でこっちを振り返るタキタを見て何かを察したようだ。

「もしかして、ホクの知り合いなんじゃない?」

「ホク?」

コウは首をかしげていたけど、俺はすぐに理解した。これは多分「サノイ」と同じでタキタのネット用の名前だ。だってほら、少し考えれば、「タキタ↓キタ↓北↓ホク」かなってわかるし。

（うん、実に中学生らしい素直なネーミング）

そしてサノイは、そんな俺の表情を見て確信を持ったらしい。

「私がホクのところに行くのを邪魔してるんだね」

「いや、そういうことじゃ――」

「なんなの。ホクに頼まれたの？　そういうの、卑怯じゃない？」

ぐいぐい詰められて、逃げ場がない。タキタはそのまま、離れた位置でこっちを見ている。

そしてコウは、その場で固まっている。

「ホクは私のこと、ストーカーみたく言ってるわけ？　悪いけど私、そういうんじゃないから」

「や、だから――」

俺が言いかけたそのとき。

「あー、もうバレちゃったんだ。早いね～」

横からすっと、セラが入ってきた。

「え。あなたもだったの……？」

「うん。私も」

ここで言う⁉　このタイミングで⁉　あまりの衝撃に、俺もまたコウと同じように固まってしまう。

(出てこなきゃ、セラだけはバレなかったのに)

なんで自分から敵に姿を晒しに来るんだ。

「——信じられない」

だよな。俺の気持ちを代弁するようにサノイがつぶやく。

けれどセラはさらに信じられないような言葉を口にする。

「でも、信じて」


無理だろ。

その場にいた全員がそう思ったはずだ。

なのにセラはにこにこと笑っている。

「はあ?」

サノイが眉間(みけん)に皺を寄せたまま声を上げた。

「あなたの、何を信じろっていうわけ」

「さっき話したこと」

「え?」

「さっき、二階で話したでしょ。あれね、話す予定じゃなかったんだ。だからあの会話は、嘘じゃないよ」

そう言って、セラはぺこりと頭を下げる。

「黙っててごめんね。あなたと私の友達の間に何があったかはよくわからないけど、私は友達が好きだから、あなたを遠ざけようとしたんだ」

「やっぱり」

サノイが不快そうに表情を歪めた。

「でもね、話してみたらあなたもすごくいい人だった。だから、もし二人の間に誤解があるんだったら、それを解きたいなと思って出てきたの」

さわさわざわざわ。ライブ後の興奮で喋る人や、関係ないけどみてた人の声。遠くから子供の笑い声。色々な音が泡のように浮かぶホールの真ん中で、俺たちの周りの水はどんどん退いていく。

どうしよう。ていうかどうすればいい？

セラ以外の全員が困惑している。事情がわかっていないタキタは、特に。

「だから、信じられないかもだけど、信じて」

＊

「無理」

ですよね。そう言い放ったサノイに俺は心の中でうなずく。しかしサノイはさらに続けた。

「でもホクと話をさせてくれるなら、話くらいは聞く」

それを聞いて、セラはにっこりと笑う。

「もちろん！　でも彼女を傷つけるようなことはしないでほしいんだけど」

するとサノイは「約束できない」と言った。

「どうして？」

「気はつけるけど、人が何で傷つくかなんてわからないところもあるから。それに、そもそも私の存在はホクにとって嫌なものなんでしょ――」

それを聞いていたコウが「誠実だ」とつぶやく。確かに。誰が何で傷つくかなんて、完璧にわかるものじゃないもんな。

（セラの勘は、間違ってなかったのかもしれない）

会うまでは、ネットの向こうの嫌な奴だと思っていた。でも実際のサノイは話もできるし、それどころか誠実でさえある。

セラはサノイをまっすぐに見つめて、こくりとうなずく。

「わかった。じゃあ彼女に聞いてきてもらうね」

セラが俺たちを見て「いい？」とたずねた。そこで俺たちはタキタの元へと向かう。


「無理」

だよな。そう言い放ったタキタに俺は心の中でうなずく。しかしタキタはさらに続けた。

「でもセラが言うなら――みんなと一緒なら――大丈夫、かも」

よかった。そこで俺はグループＬＩＮＥに『みんなと一緒ならＯＫだって』と打ち込んだ。

もし険悪になった場合を考えて、俺たちはスタバの広めなソファー席を選んだ。今以上に険悪になるかもしれないから、狭いテーブルで顔をつき合わせるのはよくないと思ったのだ。

個人的には、おしゃれをしたサノイとタキタにフードコートのプラスチックの椅子は似合わない気がしたというのもある。この考え方は、その場所に似合う服を着て喫茶店を楽しんでいたシマダ先輩の影響かもしれない。

「久しぶり」

キャラメルソースのかかったカフェラテを前に置いてサノイが言うと、タキタが目を合わせないまま「うん」と答えた。

「私がホクを傷つけてるみたいなこと、この人から聞いたんだけど」

サノイはそう言ってセラを見る。

「あ――傷つけるっていうか、その……」

タキタは口ごもりながらも、「ちょっと、嫌だなってことを言うから……」と続けた。

「それはそうでしょ。耳に痛いことを言ってるんだから」

「いや、でもそれを言われる覚えが」

「ないんだ？」

ふうん、とサノイが鼻先で笑う。

「ファン失格だね」

それを聞いていたコウが「それはおかしい」と声を上げた。

「なに？」

サノイがじろりと見ると、コウは臆せず視線を返す。気にしない力がすごい。

「そもそも、ファンに合格や失格があるとは思えない。でももしそれがあると仮定するなら、それを決めるのは、アーティスト本人じゃないのか」

「はあ？」

「同じ立場のファンが決めることじゃない。俺はそう思う」

わかる。コウの言いたいことはすごくわかる。けどたぶん、サノイが言いたいことはそれじゃない。なのにセラまでもが「そうだね」とうなずいていた。

「あっそう」

怒りもせず、冷めた表情でサノイが横を向く。

ほら、怒らないってことは違うんだ。サノイは「ファンとしてのタキタ」を糾弾(きゅうだん)しながら、その奥にもっと違う何かを隠している。

（いつもだったら、タキタの方がこういうことに気がつくんだけど）

今回は自分が当事者のせいか、わからないらしい。ということは。

（――俺だけ⁉）

　コウとセラは、他人の感情の機微を素早く察するとか、悪意がある前提の想像が苦手だ。だから、ここは俺がなんとかしないと。

（考えろ）

　もし自分があの声優のファンだとして、どういう場合に「ファンとしてのタキタ」を糾弾したくなる？

　単純に考えた場合、それは態度だろう。ＳＮＳで失礼なことを書くとか、ライブ中にスマホを見てたとか、そういう類の。でも、「よく訓練されたオタク」のタキタはそういうことをしそうにない。

（最初は、向こうから声をかけてきたんだよな）

　ということは、ＳＮＳでのタキタはサノイに好意を持たれていた。けれど会ってしばらくしたら、言葉に棘が混じるようになった。

（それって、さっきの逆だろうか？）

　リアルのサノイが嫌な奴に見えなかったように、リアルのタキタはサノイの気に入らなかった？　だとしたら、ＳＮＳとリアルでの違いにヒントがあるような気がする。

（考えろ）

　画面にはあって、リアルではない部分。たとえば音とか。あるいはタキタが出さなかった顔とか。それとももっと生々しい部分とか？　匂い？　手触り？

（――手触り）

俺は自分の腿の上に置いた手を、軽く動かしてみる。デニムのざらざらとした感触。ユニクロかなんかで買った、適当な黒のパンツだった。

ファッションは詳しくないけど、上には白い長袖Tシャツを着てみた。声優の資料を読んだからライブへのせめてもの礼儀として、申し訳程度にモノトーンにしてみたわけだけど。正直、これがカッコいいかどうかはわからない。個人的には、気温に合ってて相手に不快感を与えない程度なら何を着ててもいいと思ってる。

(――ん？)

何を着るか。そのことによって、相手に何を伝えるのか。

シマダ先輩は、自分とその場所をコーディネートして服を選んでいた。それには「この空間に馴染み、雰囲気を壊さない」というメッセージが含まれていたように思う。そして今日の俺の服には、いつもにはない軽いメッセージ性がある。

それを踏まえて考えると、サノイからはそういうメッセージの最上級のものを感じる。ファッションに詳しくない俺ですら、推しへの礼儀を尽くしていると思うくらいに。

そのとき、頭に「正装」という言葉が浮かんだ。

(正装してる。推しに対して礼儀を尽くしている。でも、タキタは――？)

俺は、タキタの全身をじろじろ見ないようにしながら観察する。

着ているのは、黒いジャケットと黒いロングスカート。中は白い衿(えり)つきのシャツで、細い黒リボンを結んでいる。頭に特に着けているものはなく、髪型はいつものタキタのそれだ。

おしゃれではあるけど、仮にサノイが「正装」だとしたら、タキタのそれはずいぶんと飾りが少ない。シンプルと言えば聞こえはいいが、簡素というか無難というか、ちょっと寂しいような気さえする。

(地元だから、派手にするのは恥ずかしいのかもしれないけど)

ただ、サノイにしてみればこれは「手抜き」に感じられるかもしれない。せっかく推しに会えるのに、推しが目の前で歌ってくれるのに、最大限の礼儀を尽くさないなんてどういうこと？　みたいな。

だって、SNSでのタキタは「正装」していたはずだから。

*

「ひとつ、聞きたいことがあるんだけど」

俺はタキタに顔を向ける。

「SNSに上げた写真の服って、彼女が今日着てる服と同じブランドだったりする？」

そうたずねると、サノイがはっとしたように俺の方を見た。手応えを感じる。

「あ、うん。そうだけど、なんで？」

「どうして今日は着てこなかったんだ？」

「それは――」

「その服って、推しに一番ふさわしい服なんじゃないのか。地元っていうのが恥ずかしいなら、コートで隠してでも着てくればよかったのに」

「いや、まあ……理屈としてはそうなんだけど」

サノイは俺から視線を外すと、タキタを見つめる。

タキタは、ばつが悪そうに下を向いていた。

「着てこられない理由があるのか？」

コウの言葉に、タキタは「うん。まあ、そう」と歯切れ悪く答える。

「その――ほら、着てたのは、二年前だから」

「流行が変わって古くなったとか？」

そうたずねるコウを、サノイは睨みつけた。ああ、わかった。やっぱりそうだ。サノイは、その服にこだわってる。

「違うよ」

「じゃあ、捨てたとか？」

「捨てないよ。でももう、着られないから」

そう言ったタキタを見て、セラが「ああ！」と声を上げた。

「そうか。二年前だもんね。サイズアウトするよね」

「サイズアウト？」

コウと俺が同じタイミングで首をかしげる。そんな俺たちにセラが「サイズの問題で着られなくなるってことだよ」と教えてくれる。

その瞬間、頭の中でピースがはまった。

「そうか、サイズアウトか!!」

それを聞いて、タキタがちょっと嫌そうな表情を浮かべる。そしてその気持ちを代弁するようにセラが「アラタ、失礼」と言った。

「ごめん。だけど、ようやくわかった」

「なにが?」

「彼女が」

そう言って俺はサノイを見る。

「すごくがっかりしてるってことが」


約二年前。中学生のタキタは、お下がりでもらったワンピースが推しの世界観にぴったりで嬉しくてSNSにアップする。それを中学生のサノイが見る。推しが同じってだけでも嬉しいのに、自分と同じような服を着ている同世代の子が、会いに行ける場所にいる。それはきっと、彼女にとってものすごく嬉しいことだったんじゃないだろうか。

もしかしたら、一回めはそれを着ていったのかもしれない。でもやがてタキタは成長し、サイズが変わってワンピースが着られなくなる。そしてそれを縫い直してまで着る情熱はタキタにはなかった。対して、バッグを手作りし、ヴィンテージ品を直してまで着るサノイ。

「推しが一緒で、同じブランドの服が好き。あなたは彼女のことを、『好きな部分が重なった、奇跡みたいな相手』だと思ったんじゃないかな」

俺がそう言うと、サノイはぐっと唇を嚙み締めた。

「でも、実際は違った。彼女にとってはむしろ、『その一着』の方がレアだった」

だよな、とタキタに振るとこくりとうなずく。

「彼女は推しのことは好きだけど、服自体にのめりこんでたわけじゃない。会っているうちに、そのことが徐々にわかったからがっかりしたんじゃないかな」

「え」

タキタが、初めて顔を上げてサノイを見た。

「――そうなの？」

するとサノイがゆっくりとうなずく。

「最初から違うってわかってたら、なにも言わなかったしがっかりもしなかった。でもそれがわかった頃には、もう結構仲良くなってたから」

「だから、ちくちく言ってきたの？」

「――忠告すれば、私がお洋服について教えてあげれば、ホクはまた着てくれるんじゃないかなって思った。でもその言葉がホクには全然響いてないみたいで」

それでサノイは『推しに対する態度がなってないよ』とか『それで恥ずかしくないの？』と言い出した。

「でも、なんでわかりやすく言わなかったの？　前みたいに同じ服を一緒に着よう？　って言えばこんなにこじれなかったはずだよ」

セラのまっすぐな言葉が、ちょっと痛い。俺は、どちらかというとサノイ側の人間だから気持ちがわかってしまうのだ。

でも、だからこそ助けになれることはあるかもしれない。

「自分から言うのは、悔しかったんじゃないのか」

俺が言うと、サノイは小さくうなずく。

偶然ＳＮＳで見つけて、自分から声をかけた相手。絶対気が合うと思ったのに、違う部分が段々見えてくる。

わかってる。違うのは、相手のせいじゃない。前のめりで期待しすぎた自分のせい。

だからもし、皮肉だけで気づいてくれたら。うながすだけでわかってくれたら。サノイはそうして、タキタにボールを投げ続けたのだろう。

ただ残念なことにそのボールは、タキタにとってはドッジボールのボールのようなものだった。当たったら、ただ痛いだけ。

「前みたいな気持ちで楽しく会えるようになりたかった。でも、無理なのは自分が一番わかってた――で、合ってるかな」

そう続けると、サノイは「そう」と口を開く。

「そう。ホクをね――嫌いになるには遅すぎたの」

限られたお金で、できる限りのおしゃれをして、ライブに行ってグッズを買って。お茶するお金もないから、コンビニのドリンクと袋菓子を買って公園のベンチで喋り倒す。それが楽しかったんだと、タキタは言っていた。

（たぶん、サノイも）

同じだったんじゃないだろうか。もし外見から始まった関係でも、喋り倒すようにまでなるってことは、気が合わないと無理な気がする。

「嫌なこと言ってごめんね。もう会わないようにするから」

そう言うと、サノイはぺこりと頭を下げた。

「あ、いや。そんな」

タキタは慌てて、両手を体の前で振る。

「やめて。私も悪かったし」

「いや。この場合タキタに過失は」

そう言いかけるコウを、俺は物理で止めた。手で口を押さえるという、古典的すぎる手段。

タキタは「あのさ」と言いかけて、ふと何かを考えるように口をつぐんだ。

「大丈夫？」

セラが声をかけると、タキタは「うん」とうなずいて顔を上げる。

「あのさ、サノイ」

「うん」

うつむき気味にサノイが答える。

「もしよかったらなんだけど――あのワンピ、貰ってもらえないかな」

「え？」

「あれ、今はただの壁の飾りになっちゃってるから。サノイならお直しして着られるかなって」

それを聞いたサノイは、困ったように首をかしげた。

「いいの？　あのワンピ、もう手に入らないんだよ？」

そのとき、俺は思い出した。声優の Wiki に書いてあった情報。初期作のキャラクターが着ていたメイド服は、特定のブランドからインスピレーションを得たもので、そのブランドはもうなくなっていると。

(だからヴィンテージだし、手作りや直しが必要なのか)

タキタはおそらく、最初はそうと知らずにそのワンピースを着たんじゃないだろうか。でも、サノイはその価値を知っていた。だからこそ、タキタが唯一無二の相手に思えた。

「うん。だって私が持っててもどうしようもないし。サノイなら、何かに役立てられるでしょ」

もともと、お下がりとして貰ったものだし。そう言ってタキタは照れくさそうな笑みを浮かべる。そしてそんなタキタを見て、サノイも小さく口角をあげた。

「そうだね。ワンピースとしてもお直しできるけど、リボンやレースも素材として使えると思う。もし、ホクが着たいなら——って、違うね。ごめん」

二人が、ようやく視線を合わせる。

「いいよ。でさ、それを渡したいから、また会おうよ。——もし、サノイが嫌じゃなかったらだけどさ」

*

スタバを出た後、サノイとタキタは笑顔で別れた。

「今日は、ありがとね」

タキタは俺たちに向き直ると、ぺこりとお辞儀をした。

「それと、ごめん」

「なんで謝るんだ?」

コウが首をかしげると、セラが「二人の問題だったからだよ」と言う。

「二人で話し合えば解決したことに巻き込んじゃってごめん、ってこと」

セラの解説を聞いたコウはなるほどとうなずく。

「ああ。でもタキタなら巻き込まれてもいいけど」

だからさ。それを聞いた俺たちは、三人が三人ともどこを見ていいのかわからなくなる。コウだから発言に裏表がないのはわかってるけど。けどな、ホントに。

「あ、あとこれ」

我に返ったようにタキタが、黒いリュックから何かを取り出す。

「今日のお礼」

白地に黒いリボンがかかったようなパッケージ。

「あ、ホワイトロリータ」

嬉しいなー。そう言いながらセラは歩き出す。

「そこのテーブルで食べようよ」

モールの一階にある休憩スペース。並べられたプラスチックのテーブルと椅子に、袋のままのホワイトロリータ。おやつ部には、スタバよりこっちがお似合いだ。

「あー、これ大好き」

セラがにこにことキャンディ状の包みを開けて頬張る。

「ルマンドも好きだけど、こっちもいいよな」

コウがもごもごと喋る。

「つか今日はこれ一択だろ。名前的に」

俺が言うと、タキタがにやりと笑う。

「そっか。ゴスロリも、ロリータだもんね」

セラがうんうんとうなずいた。

「――ロリータファッションを着てる人は、信念っていうか筋の通ってる人が多い気がする」

タキタがぽつりと言う。

「目立つし、費用もかかるし、親からなんか言われる人もいるし。いろんなハードルを越えないと着られないから」

「あー、確かにそうだね。洗濯だってクリーニングに出さないといけない感じだもんね」

「だからさ、サノイもカッコいいんだよ。ブルボン――この王朝の姫みたいに気高くて」

タキタは少しの間、遠くを見るような表情をした。

そんなタキタを前にして、コウが俺の肘のあたりをつついた。

「なんだよ」

「あのさ、これは言ってもいいかな」

スマホの画面を見せられて、俺は「えっ」と大きめの声を上げてしまう。

「なに、アラタ」

「ブルボンって、王朝の名前じゃないらしい」

「ええー!?」

タキタとセラが揃って身を乗り出す。

「三代目の社長さんが考案したみたいなんだけど、由来については記録がないって書いてある」

ちなみに初めてブルボンの名前を使ったのは、お菓子じゃなくて粉末のインスタントコーヒーだったそうだ。コウが情報を付け加える。

「あと、ホワイトロリータの『ロリータ』もそういう意味じゃなくて、元はクッキーをひねったから『回転する』の意味で『ロータリー』って名づけられた」

俺がスマホの画面を読み上げると、タキタとセラはさらに「えええー!?」と叫んだ。

「で、『ロータリー』より『ロリータ』の方が語呂がよかったからそっちになった」

「マジかー……」

テーブルに突っ伏したタキタが、小さく震えだした。

「タキタ」

大丈夫か、と言おうとした瞬間、タキタはすごい勢いで笑い出す。

「いやすごい！　すごいなブルボン！　想像の斜め上を行ってる！」

そして笑いながら、ホワイトロリータをもりもりと食べた。

「面白いしおいしいし、最高だよね」

そしてふと、俺の方を見る。

「アラタ」

「ん？」

「ありがとね」

急に礼を言われて、俺はどういう表情をしたらいいかわからなくなる。

「いや、なんで」

そんな俺に向かって、タキタは「それ」と指差す。

「服、モノトーンで来てくれたんだよね」

それを聞いたセラとコウは、驚いた表情で俺の服を見つめた。

「ホントだ。気づかなかった。すごい」

「アラタだけが、礼儀を尽くしてたってことか」

二人は自分の服を見下ろして、がっくりと肩を落とす。

「いや、そこまで言われると恥ずかしいから」

「でも、本当に嬉しかったよ。アラタは別種のオタクでもリスペクトがあってすごいと思う」

タキタにそう言われて、俺はなにも言えないまま白いクリームのかかったクッキーをぼりんと齧った。

王朝の、味がしたかもしれない。

百年の愛

四月。三年生が卒業して、俺たちは全員進級。俺に限って言えば、苦手科目のせいで落第とかにならなくてマジでよかったと思う今日この頃。

「いやあ、二年生だって」

嘘みたいだよね。そう言いながらタキタがリュックから細長いパッケージの駄菓子を取り出す。

「あ、ビッグカツ」

それを見たセラが嬉しそうに声を上げる。

「私はね、こっち」

同じようにセラはリュックからいかフライを取り出す。いかフライといってもイカそのものが揚げてあるわけじゃなくて、イカの形を模したイカ入りのスナックだ。

「これ、小さい頃はこの形のままイカが入ってるんだと思ってた」

ややこしいよな。コウはそう言って餅太郎を取り出す。これはシンプルな塩味の揚げおかきで、なんか昔からあるような気がするやつ。

「渋いな」

パッケージも日本昔話っぽいイラストで、旅行先のお土産と言われたら信じてしまいそうな。

「ばあちゃんが好きだから」

「あー、久しぶりにミツコさんに会いたい！」

セラが声を上げるのを見ながら、俺はビニール袋から個包装された小指サイズのサラミを机の上にざらっと空けた。

「おやつカルパス！　これ大好きだよ〜！」

タキタが間髪入れずに手を伸ばす。

「しょっぱくてスパイシーで、絶妙にうまいよね」

続いておやつカルパスを口に放り込んだセラが、口を閉じたままうんうんとうなずく。

「今日も完全な布陣だな」

俺はビッグカツをぶちりと噛みちぎりながら言った。

「ていうかビッグカツって豚肉じゃなくて魚なんだよね」

タキタが原材料表示を見ながら言う。

「魚肉を使った魚介シートなんだって。案外ヘルシー的な？」

イカそのものではないイカスナックに、トンカツではないビッグカツ。フェイクではないが

「近からず遠からず」みたいな雰囲気があって面白い。

ちなみに本日のおやつ部のテーマは『しょっぱい系の駄菓子』。うまい棒やポテトフライはさんざん食べていたから、普段食べていないものという縛りを設けてみたら、こんな結果になった。

そんな駄菓子を食べている俺たちの鼻先に、コーヒーの香りが流れてくる。

「あ、今日はバリスタの日だね」

すうっと息を吸い込んで、セラが目を閉じる。

「いい匂い」

窓際の方では、新三年生の先輩たちがコーヒーを淹れている。バリスタを目指すほどではないと言っていたけど、研究熱心なせいか彼らが淹れるコーヒーはすごくうまい。粉から落とすのはもちろんのこと、紙パックのドリップコーヒーでもびっくりするくらいうまく淹れる。通称『コーヒー部』。

ちなみに三年にはコーヒー部の他に『カフェ巡り部』がいて、こちらは部活の時は基本的に調べ物をしている。実際にカフェに行くのは週末で、彼らはいつもテーマを決めて巡るんだけど、それは『ブックカフェ』とか『地元食材カフェ』とか、なんか「ちゃんとしている」感じのものが多い。だから文化祭の発表ではこの研究がメイン展示になっていた。

新三年生の先輩たちは全体的に真面目で、物静かな人が多い。そう言うと前の三年生がチャラかったみたいに聞こえるけど、そうじゃない。前の三年生はゆるいっていうか、くだらないことを一緒にやってくれるような人が多かったんだ。テラウエ先輩もシマダ先輩も、やっているることに対しては真面目だったけど話すと面白い人たちだった。ていうか「インスタグラマーのお菓子クイズ」や「スタバ巡り」なんて、字だけ見るとまさにチャラい感じがするから笑ってしまう。

（――まあ、その偏見を取り除いてくれたのもこの二人なんだけど）

今頃、シマダ先輩はどんな喫茶店を開拓しているんだろう。テラウエ先輩はどこのスタバを攻めてるんだろう。そんなことを思ったり。

「アラタ、飲み物は？」

コウに言われて、俺は少し後ろめたいような気持ちでペットボトルを取り出す。コーヒーが香る素敵空間には、ちょっと不似合いな気がして。

でもさ、しょっぱくて油っこくてうまいものには、やっぱコーラだよな？　そうたずねた瞬間、机の上に違う種類の炭酸飲料がどかどかと並ぶ。

「いや。俺はスプライト」

「私はカルピスソーダ」

「ていうかドクターペッパーこそ至高ではないかね？」

いつも思うけど、本当に俺たちはこういうとき被らない。被らなすぎて、これでよく仲良くできているなと思うほどだ。

ぷしゅっ、という軽やかな音があたりに響く。そういえば、こういうものを混ぜて「究極ドリンク」を開発していたドリンクバーの実験チームも卒業してしまったんだった。そのせいか、なんとなく肩身が狭い。

でもまあ、そこを気にしてもしょうがない。今は目の前にあるおやつを楽しむだけだ。

しょっぱい、油っこい、うまい。そこへ満を持して炭酸。

「大人だったらビールとかなんだろうね」

タキタの言葉に全員がうなずく。

「でも私、大人になってもカルピスソーダ飲んでる気がするなあ」

セラが紙コップにドリンクを注ぐと、しゅわしゅわぱちぱちと小さな音がする。

いつもの部活の、いつもの光景。だが全員の背すじが、ほんのりと緊張している。

なぜなら、見られているから。

*

進級するということは、新一年生が入ってくるということでもある。そして新一年生が入ってきた時点で、俺たちは「先輩」になる。

(『先輩』って言葉が似合わなすぎるだろ……)

たぶん、全員がそう思った。でも自動的にそうなってしまう以上、覚悟を決めなければいけない。

ゆるい部活だから、誰も入らないという心配はしていなかった。だから喫茶部は特に勧誘もしないし、適当に来た奴が適当に入部する。

で、見学期間が過ぎて入ったのは三人。女子二人と男子一人。女子二人はもとから友達のようで、連れ立ってやってきた。入部理由を聞いてみると今は中国茶、それも台湾のものが好きでそれについて調べたいという。

「家族旅行で行った台湾のお茶がおいしかったので、研究したいと思いました」

と言ったのはミムラ。

「茶道部と悩んだんですけど、私は茶藝っていう、お茶の入れ方が気になってるんです」

と続けたのがシダ。

二人とも、すごくちゃんとした理由があった。

（俺はなんて言ったんだっけ）

最初は目的もなかったから、ものすごく適当なことを言った気がする。「日頃の疲れを喫茶で癒したい」とかそんな感じの。

次に一人で来た男子。ジンノ。

「紅茶が好きなので」

どシンプル。でもまあ、そんなもんだろう。もしかしたらコウやタキタみたいに他の趣味がメインなタイプかもしれない。

そんな三人が入部して、俺たちも最初はそわそわ嬉しい感じだった。「一応、先輩だし？」

みたいな気持ちもあったりして。でもしばらくすると、なんだか「えーと」みたいな気分になってきた。


「だってマジメなんだよ、あの子たち！」

部活のない日の帰り道で、タキタが大げさに頭を抱える。

「『どうしたらいいですか？』って聞かれてもさあ、こっちはなんもしてないし！」

「そりゃそうだ」

コウがうなずく。

「菓子食ってるだけだもんな」

うんうん。全員がうなずく。

「ゆる部活だから好きなことしていいんだよ、って言ったんだけどなあ」

セラが首をかしげる。そうなんだ。それは入部したときに、三年の先輩もちゃんと説明していた。なのに一年の三人は「でも、最初は先輩たちのやっていることを見ないと」と言って実際にその通りにしている。

「三年の先輩の方だけ見てればいいのにな」

コウが言うと、タキタが「それな」と声を上げた。

「コーヒーの淹れ方とか、ＳＤＧｓのコンセプトカフェとか、いかにも見学向きじゃん！」

「私たち、真面目な世代に挟まれたのかも」

セラがぽそりとつぶやく。

「そうだな。まあ、俺は真面目だが」

コウが大真面目な表情で言う。

「鉄オタがなに言ってんだよ」

俺が突っ込むと、コウは「根は真面目ですしおすし」と真顔のまま冗談で応えた。

「俺もさ、そろそろ三年の活動を見たらいいんじゃないかとは言ったんだけど」

そうしたら、三人は揃って首を横に振った。いわく、「二年の先輩の活動の流れがまだよくわからないので、こちらを見学したいんです」だそうだ。そしてその言葉通り、三人はすごく真面目に俺たちのことを見ている。見ているだけじゃなく、たまに手伝おうとまでしてくる。

「つかさ、台湾のお茶と紅茶が好きな人に、炭酸飲料買ってこいとか言えないじゃんね」

ため息をつきながらタキタが言う。それな。見習いがいのない先輩で、申し訳なさがすごい。

「まあ、来週からは自分たちで活動しなよって先輩も言ってくれたから――」

それまで先輩としてがんばろ？　セラがタキタの背中を軽く叩いた。

見せるようなものじゃない。でも見に来る。そして俺たちの活動のだらしなさは秒でバレる。ていうか良く見せようとしたところで、繕（つくろ）える余地がない。だって、菓子を食ってるだけだから。

「――おやつ部って、本当に食べてるだけなんですか」

ジンノに聞かれて、俺たちは固まった。

「まあ、うん――基本的には」

素直に言ってしまうコウの後ろから、「一応、学祭にはランキングとか発表したけどね！」とタキタがフォローを入れる。

「ランキング、ってどういうランキングですか？」

ミムラにそう聞かれて、タキタが「うっ」とマンガ的に声を詰まらせる。するとセラが「おいしいポテチのランキングだよ！」と答える。真実だ。でも。

「おいしいポテチ……」

一年生三人の表情が「あーあ」みたいな感じになる。なので俺はさらにフォローを試みた。

「まあでも結構評判は良かったんだ。学祭の展示って真面目なものが多いから、お菓子ランキングは楽しかったって」

そうそう、とタキタが大げさにうなずいてくれる。

「でも学祭の展示って、真面目にするものですよね……」

シダが少し不安そうな顔で俺たちを見る。

「まあ、喫茶部はもともとゆるい部活だし、息抜きみたいに考えてもらえたら――」

俺がそう言うと、三人は顔を見合わせて「ダメだこりゃ」みたいな雰囲気でため息をついた。

で、当然だけどその翌日から、なんとなく三人の態度が変わった。相変わらず見学はしているんだけど、発言が増えてきたのだ。

「先輩、それハサミで開けた方が」

「ウェットティッシュ置いた方がいいですよ」

「食べるなら記録つけながらの方が良くないですか？」

ごもっとも。ごもっともすぎて涙が出そうだ。しかも言い方が優しいのがまたなんかこう。

「――刺さるっ！」

そう言ってタキタが帰り道で胸のあたりを両手で押さえた。

「刺さりすぎるし、イタすぎるよ、うちら」

けれどセラは「そうかなあ？」とにこにこ笑っている。

「痛いか痛くないかと言えば、少し痛いかもしれない」

俺が言うと、コウが「でも悪いことをしてるわけでもない」とつけ加えた。

「いやそうじゃなくて」

タキタが姿勢を正して「わかんなかった？」と俺たちに聞く。

「え、なにが？」

「いやさっき、ギャルの真似してみたんだけど」

「――タキタ」

今度は俺たち三人が、「ダメだこりゃ」の表情を浮かべた。

＊

次の週、シダとミムラは小学校でよく見たお道具箱くらいのサイズの箱を持って部室にやってきた。

「それなに？」

セラがたずねるとシダが箱の蓋を開ける。

「台湾のお茶セットです」

見ると、中には小さな急須とやはり小さな茶碗が入っていた。

「ちっちゃくて可愛い！」

タキタが声を上げるのもわかる。白い陶器に青い絵の具で花の絵が描かれたそれは、人形遊びというほどではないけど、おちょこくらいの小ささだったからだ。

「少ない量で、何回も楽しむんですよ」

ミムラが急須を出して見せてくれる。こちらは素焼きっぽい茶色だ。

「この急須の上からもお湯をかけて、ゆっくり蒸らしていくんです」

あとこれが、とシダが出したのは縦長のこれまた小さな湯のみのようなもの。

「お茶の香りを楽しむための器です」

「へえ、面白いな」

ジンノが興味深そうに覗き込む。

「作法とかあるの?」

その問いにはミムラが答えた。

「うん、あるよ。でも実際に見たのは旅行の時の一回だけで、あとはYouTubeの知識だから正確じゃないかもしれないけど」

最後に出てきたのは、木でできた長方形の箱のようなもの。よく見ると、上がすのこのようになっている。

「ここに茶器を置いて、お湯をかけると下に落ちるようになってるんです」

「よくできてるな」

俺もつい、覗き込んでしまう。

「今日は、台湾茶藝の作法で皆さんにお茶を淹れさせてください」

シダが言うと、ミムラが部室に置いてある電気ポットから持ち手のついた容器にお湯を汲んでくる。

「本当は沸かしたてのお湯の方がいいらしいです」

そう言いながら、持ってきた急須を二種類の器とともにすのこの上に置く。

「まずは、器をあたためます」

そうして、台湾茶劇場が始まった。

お湯で茶器を温め、さらに茶葉とお湯を入れた急須の上からも湯をかけ、できたお茶をさっき使った持ち手のついた容器に移し替える。

「ああ、これで濃さが均等になるわけか」

コウが感心したようにつぶやく。

そして今度はその容器から縦長の器にお茶を注ぎ、さらに縦長の器から小さい茶碗にお茶が注がれる。

(いつになったら飲めるんだろう?)

そんなことを考えていたら、ミムラが空になった縦長の器を示す。

「皆さん、この器を持って、まずはお茶の香りを楽しんでください」

「え? でもこれ、お茶が入ってないけど」

セラが首をかしげると、ジンノが「先輩、これはたぶん残り香を楽しむものです」と言った。

そしてどこか優雅な手つきで器を手に取ると鼻に近づけ、理科の実験でするように片手で軽くあおぐ。

「残り香……?」

言葉としては知っている。でも俺の人生の中に、その単語はなかった。

「ジンノ正解。台湾茶の作法、知ってたの?」

シダが言うと、ジンノは軽くうなずく。

「まあ、流れを見てたらそうかなって」

一年生同士の会話なのに、なんだこのこなれた感じは。

(――なんだかなあ)

俺は冷静を装いつつ、縦長の器に鼻を近づける。すると、ふわりと花のような香りが立ち上った。

「お、いい匂い」

コウが言うと、ミムラが嬉しそうな顔をする。

「香りを楽しんだら、次に味を楽しみます」

そうして小さな茶碗が渡された。数口でなくなってしまう量だ。でも、飲んだら口の中がすごくすっきりする。中国系のお茶ってウーロン茶とジャスミン茶くらいしか飲んだことなかったけど、こういう味のものもあるんだな。

「おいしい。いいね、台湾のお茶」

タキタも飲みながらうなずく。

「ホントおいしい。もっとたくさん飲みたいくらいだよ」

セラが言うと、シダが「もうすぐ二煎目が入りますよ」と苦笑した。

「こうやって何回も楽しめるのも、特徴なんです」

ミムラの解説に、ジンノも含めた全員がうなずいた。

台湾茶、結構好きかもしれない。そう思いながら味わっているとジンノが「あの」と切り出した。

「次のときは、俺が紅茶淹れてもいいですか」

＊

部活の前日に、ジンノが二年の教室に顔を出した。

「あ、アラタ先輩。ちょうどよかった」

俺が出入り口まで行くと、ジンノは「皆さんに伝えて欲しいんですけど」と言った。

「ん？　いいけど、何を」

「紅茶用に各自マグカップを持ってきて欲しいんです。もちろんティーカップでもいいんですけど、カップアンドソーサーだと割れそうで危ないかなって」

「ソーサー……」

一瞬、頭の中に『フライングソーサー』という言葉がよぎる。平べったいＵＦＯの別名。あ、つまり「ソーサー」は「皿」か。そして「カップアンドソーサー」は「受け皿付きの紅茶カップ」ってことでＯＫ？

「マグカップ。わかった」

「もしないなら、大きめの湯のみでもいいです。厚手の陶磁器であればいいので」

それを聞いて、ちょっと面白いと思った。デザインより、材質を重視するのか。

「楽しみにしてるよ」

俺が言うと、ジンノは照れくさそうな笑みを浮かべた。

なんだよ、ちょっと可愛いじゃないか。後輩って。


意外なことに、茶葉はティーバッグだった。ただ俺がよく知る封筒の形をしたやつじゃなくて、三角錐のピラミッド型。

「この形のティーバッグだと、かなりリーフティーに近い味が出せるんです」

「リーフティー――葉っぱってこと？」

セラがたずねると、ジンノより先にシダが「そうです」と答えた。

「お茶の葉だから、リーフ。これくらいは紅茶党じゃなくても知ってます」

「そっか、すごいねシダさん。お茶博士だ」

セラがそう言うと、シダは苦笑する。

「ちなみに厚手のマグカップは保温力があってティーポットに近い働きをしてくれるので、このティーバッグとセットで使うことにより、ポットで抽出した紅茶に近づきます」

それでは皆さん、カップを出してください。ジンノの言葉に従って、全員がそれぞれのカップを机の上に出す。

ジンノとミムラは、シンプルな単色のマグカップ。セラは犬のイラストがついたもの。俺とタキタとコウは、己の趣味に全振り。もうわかってると思うけど、俺は『ムー』のロゴ入り、タキタは推しのキャラ、そしてコウは一見寿司屋の湯のみに見えるけど、実はその漢字が魚の名前じゃなくて駅名というもの。

（あーあ）

ダメな先輩三連発じゃないか。そう思って心の中でため息をついた瞬間、誰かがぷっとふきだした。

「ねえ、これすごいね」

そう言ったのはミムラで、指差していたのはシダが持ってきたカップ。そこにはなんと、かの有名な児童書のシリーズ『かいけつゾロリ』のキャラクターが描かれていたのだ。

しかも、よく見ると、下の方では名脇役のイノシシたちがおならをしている。

「私、物持ちがいいから」

そういう問題なのか。でもどこか俺たちと似たテイストも感じる。

「じゃあ始めます」

ジンノがそう言って、それぞれのカップに熱湯を注ぐ。そこへセラがティーバッグを入れようとすると、シダとジンノが「あ」と声を上げた。

「これ、カップを温めるためのお湯です」

そうだよね？　とシダに聞かれてジンノがうなずく。

「そうなんだ」

「この間、私たちの見てましたよね？　お茶も紅茶も、なんならコーヒーも同じですよ。おいしくしたいなら、器を温めるのは当たり前です」

ほんの少し、かすかにだけどピリリとした雰囲気があった。でもセラは気づかないのか「そっか、なるほど！」と笑ってティーバッグを引き上げる。

「お湯に浸からないでセーフ。教えてくれてありがとね」

「いえ――」

シダが微妙な表情を浮かべる。ミムラはそんなシダを心配そうに見ていた。

「ではこのお湯を捨てて、再度お湯を入れます。そうしたらティーバッグを入れてください」

新しいお湯が入ったところで、ティーバッグをぽちゃんと入れる。ジンノは持参した砂時計をくるりとひっくり返して、机の上に置いた。

（砂時計なんて、久しぶりに見たな）

そういえば世界の終末時計って今何時なんだっけ。そんなことをぼんやり考えていると、また「あ」という声がした。今度はジンノだ。

「あの、ティーバッグは動かさないでください」

見ると、セラが紐を軽く動かしてティーバッグを振っていた。俺もよくやりがちなので、どきりとする。

「そうなの？」

「振ると、アクや細かい粉がティーバッグの中から出てきてしまうので」

なるほど、とコウがうなずく。

「すいません、蓋を出すのを忘れていました」

そう言ってジンノは、自分のリュックから人数分の小皿を取り出してそれぞれのカップに載せた。

「これで保温性が高まり、マグカップがさらにティーポットに近づきます」

おお、なんか理路整然としていてすごいな。同じことを思ったのか、セラが「色々考えていてすごいね！」と言った。

するとシダが「先輩はもう少し考えた方がいいですよ」と言い出した。おいおい。

「茶葉がお湯の中で抽出されていくことは、知ってますよね。ジンノはその温度を保つ手順を守ろうとしてるのに、振って温度を下げるなんて」

「シダ」

ミムラが小さい声でシダを止める。なんかちょっと、いたたまれない空気が流れた。それをなんとかしようとしたのか、唐突にタキタが「あのさ！」と声を上げた。

「紅茶ってさ、こういう丁寧なのもあるけど、ぐったぐたに煮るのもあるよね！」

（えええ）

俺は「ちょっと待て」と言いたくなる。ていうか「ぐったぐた」って表現はどうなんだ。この上品な流れじゃ、また嫌な顔をされるんじゃ。

すると意外なことに、ジンノは「はい」とうなずく。

「インドのチャイや、ロイヤルミルクティーなんかはそういう系ですね」

「抽出できればやり方にはこだわらない、というのは面白いな」

空気を読まない男ことコウが、純粋に感心している。そういえば前にミツコさんが出してくれたロイヤルミルクティーも、煮出して作るものだったな。

「最近はほうじ茶ラテっていうのもありますよね」

ミムラが雰囲気を変える流れに乗ってくれた。ありがたい。

「だよな。茶葉だけで飲むのと、牛乳を入れるのとでは淹れ方の方向性が変わるんだろうな」

俺が言うと、ジンノは「かもしれません」とうなずいた。なんとなくだけど、ジンノを見ていると「執事」という言葉が浮かぶ。英国貴族の家で、背筋を伸ばしてティーポットを持っているような。

「時間です」

砂時計を確認したジンノが「ティーバッグをそっと出してください」と言った。

「今回はマグカップなので、ミルクは後からになります」

そう言って机の中心に、小さい牛乳のパックとスティックシュガーを置いた。

「各自、お好きな量を。今回はセイロンにしたので入れた方がおいしいと思います」

「おすすめの量はあるんだろうか」

コウの質問に、ジンノは「キャラメルくらいの茶色になるまで入れるのがおすすめです」と答える。

（キャラメルか）

言われるがままに、その色を目指して牛乳を入れた。そして一口。

「え。すっげうまい」

声が出てしまった。だってホントにうまいんだ。コクがあって、でも渋くなくて。どこかダシみたいな感じまであって。

(これ、すげえ好きかも)

慣れ親しんだものがうまいとその差がわかりやすいのか、ちょっと感動した。それは他のみんなも同じだったようで、口々に「おいしい!」「濃い感じがする」と言いながら自分のマグカップを見つめている。

「こんな感じで、俺は紅茶を研究していきたいと思ってます」

おおー、と全員で拍手。するとそれに気づいた三年生が寄ってくる。

「なに、おやつ部の次は紅茶部?」

そう聞かれて、セラがにこにこと答える。

「はい。彼が紅茶部で、こっちの二人は台湾茶部です」

「いいね。今度こっちにも飲ませてよ」

それに対して、一年生三人は「はい!」と嬉しそうに返事をした。

多少の問題はあるものの、なんとかおだやかにおさまった。そう思った矢先に、ジンノが口を開く。

「ところで、おやつ部も土日の活動ってあるんですよね?」

「え……」

「コーヒー部もカフェ巡り部も、週末にそれぞれ研究しに行ってるって聞きました」

だからおやつ部もあるんですよね？　そう聞かれて、俺はとっさにみんなの方を振り返る。するとタキタは「無理」という表情を浮かべ、コウは「いや俺はちょっと」みたいに顔を背ける。そしてセラはただ「えへへ」と笑っていた。

お前ら。

しょうがないので俺はすっと息を吸うと「まあ、たまに——月一くらいは？」と答える。嘘じゃない。嘘はついていない。

「そうなんですね。次はいつですか？」

「え？　えーとそれは」

実は、この週末にみんなで会う予定があった。なので俺はまた全員を振り返る。するとタキタとコウは揃って「しょうがない」みたいな顔をしていた。で、セラは——。

「ナイスタイミング！　ちょうど今週末、みんなで出かける予定だったんだよ」

そう高らかに宣言した。

「あ、じゃあ私たちも行ってもいいですか？」

ミムラが言う。

「もちろん！　でもモールで買い食いするだけだから、適当集合の適当解散だけど」

それでもいいなら、一緒に遊ぼ？　そう言ったセラを見て、シダは「遊ぶ、って……」とつぶやく。そしてほんの少し、セラに気づかれないような角度で笑った。

＊

折り合いが悪いというか、根本的に人種が違うというか。正直、シダとはなんかわかりあえない気がする。

（なんとなくだけど……）

真面目なのは、悪くない。ミムラとジンノだってそこは同じだし。じゃあシダの何が問題かというと、「先輩」とか「後輩」って上下関係を型通りになぞりながらも、本心はそう思ってなさそうなところ。そういうのが、気になるんだと思う。だってほら、兄ちゃんが嫌な思いをした部活がそういうののひどいやつだったから。

（いっそ正面から嫌ってくれた方が楽なのに）

そんなことを思いながら、いつものモールに向かう。すっきりしない天気に、すっきりしない気持ち。またセラが何か言われたら、俺はうまくかばうことができるんだろうか。

週末、モールでは大抵何かのイベントが開かれている。中でも四月は新入学や新社会人に合わせて『新』とか『春』とかつければなんでもありとばかりなイベントが多くて、俺は好きだ。

でもそれが飽きられてしまったのか、あるいは直近にこれといった祝日がないせいか、モールはそこまで混んでいない。どころか、空いているといってもいい。

「『春の新作ワンピースフェア』はいいとしても、『春の靴下フェア』ってなんだろね？」

桜の花のついたポップを見て、セラが首をかしげる。

「まあ、衣替え的な感じかね」

興味ゼロの表情でタキタが答える。

そんなタキタの格好は、後輩を意識したのか今日は控えめだ。痛バッグは持っているものの、服はモノトーン。そして隣にいるセラはいつもと変わらず大きめのぶかっとしたパーカーに動きやすそうなパンツで、家にいるレベルのリラックス感。

ちなみにコウと俺は服に興味のない男子の制服ことユニクロ。中のTシャツはそれぞれの趣味でひどいことになってるけど、ネルシャツを羽織れば量産型オタクの完成だ。

後輩の服に目を向けると、ミムラはふわっとした袖のシャツに、幅の広いパンツ。逆にシダはぴったりめでボタンの多いシャツにロングスカートを合わせている。最後に英国執事ことジンノは、そのイメージ通り薄手のニットに襟付きのシャツとチノパンというクラシックな組み合わせだ。

「で、先輩たちはどのフェアが目当てなんですか」

シダに聞かれて、セラとタキタとコウが俺の方を見る。

（元々、目当てなんかないんだよ！）

ただフードコートでだらだらポテトでも食おうって話だったし。でも、抜かりはない。一年生が一緒に来るという話になったその夜に、俺は必死でモールのフェアを検索してそれらしいものを見つけておいたのだ。

「地下の食品フロアの『春のクッキー・ビスケットフェア』だ」

「え。そんなのあったっけ」

コウ、いいからうなずいておいてくれ。そしてこの超絶目立たないフェアをスーパーマーケット部門の端から見つけた俺を褒めてくれ。

モールのきらびやかなイベントスペースでは着付け教室のイベントが開かれていて、中心には狭いながらも畳が敷かれ、周囲には雅やかな琴の音が流れている。でもそれはよく聞くと流行りの音楽の琴バージョンだったりして、微妙に現代風なのがおかしい。そんな中を、俺たちはぞろぞろと連れ立って歩く。

「着物かあ。いつか成人式とかで着るのかなあ」

ミムラが言うと、シダが「私は着ると思う」と答える。

「そうなんだ。着物とか好きなの?」

セラの言葉に、シダはうなずく。

「ああいう手順の多い服って、好きなんです」

「手順の多い服?」

「編み上げサンダルとか、ボタンの多いブラウスとか、リボンとか。そういうのです」

「ああ、着物ってぐるぐる結びまくるもんね」

セラが言うと、雅な着物がロールキャベツみたいに聞こえるのはなぜだろう。シダもそう感じたのか、また浮かない表情をセラに向ける。

「手順って言えば、シダはモーニングルーティンもすごいんですよ」

間を取り持つようにミムラが明るい声を出した。

「モーニングルーティン……」

なにそれおいしいの？　みたいな表情でセラが助けを乞う。そこで俺は「自分で決めた朝の手順、みたいなもんだよな」とわざとらしく解説した。

「顔洗って歯磨きして、とかじゃないの？」

タキタがたずねると、シダは「まずはお気に入りの曲で起きるところからです」と返す。

「それから朝用のお茶を淹れて、一杯目は自分の部屋の窓辺で飲みます」

なんかこう、うん。わかる。わかるんだけど。

（意識高い感じがなあ——）

とはいえ先輩なので、そこは突っ込まないことにする。

「だから家を出るまでに色々あって時間がかかるんです」

「今日も時間ギリギリだったもんね」

「それはごめんって。でも、いつものをやらないと落ち着かないから」

「もしかして、家を出る時に右足からとか決めてる？」

タキタが冗談交じりに聞くと、シダは険しい顔で「決めてちゃ悪いですか」と返した。

「あ、いや。悪くないよ別に」

反撃されたタキタは目を泳がせると、「あ、着物って言えばさ」と話題を無理やり戻した。

「シダなら振袖だけじゃなくて、普段でも着そうだね」

するとシダは案外素直に「はい」とうなずく。なんだろう。シダの地雷ポイントがわからない。

「私、茶道に興味があるので普通の着物も着てみたいです」

「ああ、日本のお茶も好きなんだね」

セラがにこにこと相槌を打つ。しかし茶道って「日本のお茶」っていうくくりのものなんだろうか。味よりもなんかそれこそ「手順」を覚えるものって気がするけど。

そんな会話をしながら歩いていると、どこかから声がした。

「ちょっとそこの君たち！」

自分たちのことかどうかわからなかったけど、一応足を止めて振り向くとそこには着物姿のおばさんが立っている。着付け教室の人だろうか。

（これは俺たちが呼ばれたわけじゃないいな）

半分が男だし、まだ二十歳に近くも見えないし。他のみんなもそう思ったらしく、俺たちはまた前を向いた。すると「待って、君たちのことよ！」と声が追いかけてきた。

俺はコウと顔を見合わせて「俺たちのこと？」「まさか」と言い合う。けれどおばさんは着物を着ているとは思えないほどの早足で俺たちに近づいてきた。

「ちょっとごめんね。君たち、今、時間ある？」

「え」

「二十分でいいの。無料でおいしい和菓子食べたくない？」

なんだそれ。ちょっと怪しいな。全員が同じような疑問を抱いた。と思ったら一人だけ、元気に返事をした奴がいる。

「食べたいです！」

「……セラ」

俺がため息をつくと同時にタキタが「いや返事早すぎでしょ」と突っ込んでいた。

「まず相手が何の目的かもわからないし、少し考えた方がいい」

コウが言うと、一年生もうなずく。まあ着付け教室の勧誘だとは思うけど、それにしてはこっちの面子が微妙だもんな。

しかしセラは「え、だって茶道教室でしょ？」と答えた。

「茶道？　着付けじゃなくて？」

タキタが言うと、セラはかなり離れた場所にある看板を指差した。

「あそこに『茶道教室の無料体験』って書いてあるよ」

「いやそれ視力よすぎ」

呆れたようにタキタが言うと、着物のおばさんが我が意を得たりとばかりに「そう！　そうなの！」とうなずく。

「今回、着付け教室の方と和風イベントということで協力していてね、そこでお茶をお出ししてるの」

「そうなんですか」

だったら男がいても声をかけるか。

「でも俺たち、茶道教室入りませんよ」

コウがストレートに言うと、おばさんは「いいのいいの！」と顔の前で手をぶんぶんと振った。

「入る必要なんてないの！　なんなら名前も何も書かなくていいし！　とにかく誰も来なくて、イベントスペースが寂しいのよ。着付け教室の方達にも勧誘しないようにお伝えするから、お茶飲んでお菓子を食べていってほしいの。ただそれだけ！」

「――ああ」

確かにイベントスペースも空いていた。

「お菓子もたくさん用意しちゃったし、もったいないから」

ね？　と言われてセラ以外の全員の目が俺を見る。いやだから、決定権を委ねないでくれって。

「行こうよ。私たち、喫『茶』部なんだし」

セラに言われて、俺はうなずく。

「名前とか個人情報を書かなくていいなら、いいかな――」

*

「救世主が来たわよ！」

着物のおばさんはアニメの台詞みたいなことを言いながら俺たちを畳のスペースに案内する。けれどそれはあながち大げさでもなかったらしく、そこで待機していた着物姿の人たちが口々に「わあ、お若い方達ね！」「よく来てくれたわね」と歓迎してくれた。

「ここで靴を脱いでね」

そう言われて、俺はまずいことに気がつく。

（靴下が、やばい）

靴を脱ぐなんて想定していなかったから、綺麗なものを履いてきていない。そしてそれはコウも同じだったようで。

「穴が、空いているかもしれない」

「俺も」

と小さな声でぼそぼそと言い合う。

「こちらから順番に座ってね」

さっきのハイスピード小走りから一転、おばさんはゆったりとした雰囲気で畳を示す。

「あ、もし正座が苦手なら小さな椅子もあるのよ。足が痛い方は遠慮なく言ってね」

そう言われて、はっとする。正座。実は俺は正座が苦手だ。だって家に畳の部屋がないし。

(――頑張るしかないか)

そんなことを考えている俺の横をセラがふっと通り過ぎて、順番の一番最初に座った。

(え？)

大丈夫なのか。それとも、そんなにお菓子が食べたかったのか。

「え、ちょ、ま、セラ」

その隣に、盛大にキョドッているタキタが続く。

「大丈夫だよ。普通に座ってお茶飲めばいいんだよ」

セラは示された場所にすっと腰を下ろすと、笑いながらタキタをうながした。

「一年生もおいでよ。真ん中なら安心でしょ」

セラに言われて、シダとミムラとジンノが続く。

(あ、そういえば)

急なことで忘れてたけど、シダは茶道に興味があるんだった。だからセラはみんなを誘ったのかもしれない。

(なら、つきあうしかない)

一応、先輩だし。

最後にコウと俺が、二人揃ってぎくしゃくと正座をした。

「俺はともかく、コウは正座に慣れてると思ってたよ」

「いや、ばあちゃんち和室ないから」

「ああ――」

そういえばミツコさんの家は北欧風のインテリアだったことを思い出す。

一年生はどうかと横を見ると、茶道をやりたいと言っていたシダはさすがに背筋が伸びている。ミムラとジンノはちょっと緊張しているけど、正座はできているみたいだ。

（また先輩の方がダメな感じか）

あとでシダに何か言われるかもしれない。どんよりとした気分で足の指を動かしていると、女性の声がした。

「皆さん、ようこそいらっしゃいました」

見ると、畳の向かい側に案内してくれたおばさんとは違う、少しだけ若い女の人が座っている。この人がお茶を点(た)ててくれる人だろう。その証拠に、傍に大きな鉄製の釜が置いてある。

「『茶道』と聞くと堅苦しく感じるかもしれませんが、基本はお互いが気持ちよくお茶をいただくことなので、今日はゆっくりお茶を楽しんでいってくださいね」

女性が軽く頭を下げる。するとそれにいきなりセラが返事をした。

「本日は」

（え？）

「本日は、素敵なお茶席にお招きいただいて、ありがとうございます。どうぞよろしくお願いします」

そう言って、頭を下げる。両手の指先を山のような形にぴしっと揃えて、深々と。

（なんか落語とか始まりそうだな）

こんな挨拶を返されて、相手もびっくりしてるんじゃないのか。そう思って釜のところにいる人を見ると、やはり驚いたような表情をしている。けれど次の瞬間、すぐににっこりと微笑んで頭を下げた。モールでのイベントだし、色々なタイプの客に慣れているのかもしれない。

（礼儀正しいのはいいことだけど――）

恐る恐るシダを見ると、「信じられない」みたいな顔でセラを見ていた。しかし挨拶は大事だと思ったのか、セラと同じように「――よろしくお願いします」と頭を下げる。

で、なんとなく全員がそれに続いた。ていうか、正座したまま頭を下げるって結構辛いな？

（そういえば前屈、苦手なんだった……）

俺、体が硬いんだよな。ヨガとか絶対できない自信がある。やらんけど。そんなどうでもいいことを考えていると、さっきのおばさんが一段だけの重箱みたいな箱を持って静かに入ってきた。角でピタッと止まったり、ゆっくりと深い礼をしたり、どことなく古典芸能みたいな動きだなと思う。

「さあ、お菓子をどうぞ」

おばさんは座ってセラの前に箱と箸を置くと、一礼した。

「今日はお懐紙と黒文字（くろもじ）も配らせていただきますね」

そう言って、セラの前に二つ折りの和紙と楊枝がセットになったものを置く。

セラはそれを見てにこりと笑うと、同じように頭を下げた。そしてタキタの方を見て「お先にいただくね」と言った。タキタはキョドりが頂点に達したままのせいか「あ、うん」とガクガクうなずく。

そしてセラはなぜか、箱をおしいただくように両手で持ち上げた。

（いやそれ卒業証書⁉）

でなければ時代劇で偉い人からなんかもらうとき？　というポーズ。俺の頭の中には「はは～っ！　ありがたや～！」という台詞が響き渡る。

（もう駄目だ）

礼を尽くそうとしてるのはわかるけど、これじゃギャグだろ。俺がうなだれていると、セラはようやく箱を置いてお菓子を箸で取った。でもその動きが、妙に様になっている。

右手で箸を取って、左手を添えてきちんと持ち直し、ゆっくりと菓子を取る。

（――もしかして）

これ、合ってる作法なんだろうか。そう思っておばさんや釜のそばの女の人を見ると、「うんうん」みたいな表情でセラを見ている。まじか。

セラは和紙の上に菓子を置くと、その紙の端っこで箸を拭いてから、箱の上に箸を戻した。

そしてそれをタキタの方に回す。

「あ、えーと――」

混乱するタキタに、セラは「お先に、って言えばいいんだよ」と伝えた。そこでようやく残りの全員が「セラの真似をすればいい」ということに気づく。

そこから、急に楽になった。

俺は見よう見まねで箱から菓子を取り、和紙の上に載せ、セラがするように生っぽい和菓子を二つに割って食べた。

「え。すごいうまい」

見た目は、どこかで見たことがあるような普通の和菓子だった。四月だから桜の花びら単体の形で、全体があんこでできているやつ。なのに、食べたらものすごくしっとりとして溶けるような舌触りだった。なるほど、これを余らせてしまうのはもったいない。

「うまっ……！」

コウも心の声がだだ漏れている。そんな俺たちを見て、茶道教室の人たちが微笑む。ちょっと恥ずかしくて、俺はしびれかけた足をもう一度きちんと組み直した。うお、びしびしくるな。

その間に女の人は釜から柄杓（ひしゃく）で茶碗にお湯を汲み、竹でできた泡立て器のようなやつで抹茶をシャカシャカ泡だてるとセラの前に置いた。セラは「お点前頂戴します」と言いながらお辞儀をして、それを右手でくいくいと二回手前に回す。それを見たタキタが「――なんか見たことあるやつ！」という表情を浮かべている。俺も激しく同意。

そしてセラはお茶をゆっくり何回かに分けて飲んだ。最後に「ずっ」と音がしたのは単なる偶然か、あるいはわざと「てへへ」な感じにして俺たちの緊張をやわらげようとしてくれたのか。

そのあと、セラは茶碗を下ろさずしげしげと眺めた。もしかして、何か面白い柄でもあったんだろうか。それが気になったけれど、今回はそれぞれに違う茶碗が出されたのでわからなかった。

「結構なお点前を頂戴しました」

そう言って、もう一度お辞儀をする。これは俺でも「見たことあるやつ！」だ。

これを真似すればいい。それはわかったけど、さてどこまで？「ずっ」はやらないとしても、茶碗は上げるべきなのか？　これは見たことないし、やらなくてもいいのか？

セラの次のタキタはこの問いに「とりあえず流す」という形で答えた。お茶を静かに飲みきり、茶碗は軽く上げただけで見つめることはしない。まあ、普通にお茶を飲む感じ。

けれど正解が、シダの番で明らかになった。シダもまた「ずっ」と最後に啜る音を立て、茶碗をゆっくりと眺めたのだ。

（礼儀にうるさそうなシダがそうするってことは、これは確定事項だったのか――！）

そう踏んだ残りの面子は、全員前へならえで音を立て、茶碗を観察した。唯一それをしなかったタキタが悔しそうにこちらを見つめているが、時すでにお寿司だ。

というわけで俺もお茶を飲みきり、茶碗を眺めてみる。俺に出されたのはちょっと厚みのある「いかにも」な濃い色の茶碗。こういうの、昔の人も使ってたのかな。そういえば戦国武将で茶道やってたのって誰だっけ。なんか茶室での密談とか歴史ミステリーにあった気がする。

（あ、でも密談するのは狭い茶室があってこそか）

俺は茶碗を眺めながら、そのまま視線を上に向けた。二階ぶんの吹き抜けは高く、天井から春らしい花の飾りが下がっている。

（――なんか、面白いな）

ざわざわするモールのど真ん中で、畳に座って天井を見上げているなんて。

口の中はさっぱりしていていい気分だし、仲間もいる。シダはまだ苦手な感じがするけど、セラの真似をしていたから頑固ではないように思えたし。

（まあ――いいか）

ふっと笑うと、お茶を点ててくれた女の人と目が合った。ほほ笑み返してくれる。

（うん）

いいお茶だった。


なんていい感じに締めようとしたら、わかりやすく足が痺れまくっている。

（――ヤバい）

足の負担を減らそうと両手を畳につき、俺はじっと痺れの波が去るのを待つ。その姿はまさに、生まれたてのふるふる震える仔馬。

（先輩らしさが、欠片（かけら）もない――！）

セラの偉業もぶち壊しだ。ごめん。そう思いながらちらりと周囲を見ると、なんとセラ以外の全員が俺と同じ状態で泣きそうな表情を浮かべている。

一列に並んだ六頭の仔馬。面目が保てたのかどうなのか、そこはあえてのスルーでお願いしたい。

*

そして畳から降りた瞬間、タキタが土下座の勢いでセラに向かって頭を下げた。

「セラ！　友を信じきれなかった俺を許してくれっ……！」

「いやいや。許す以前に、タキタは別に悪いことしてないよ」

「でも――」

「大丈夫だよ。こういうお茶席は、お作法以前に気持ちよくお茶を飲むことが目的なんだし」

「なんか言うことが達人っぽいんだけど！」

千利休かよ。そう吠えるタキタの気持ちもわかる。

「そもそも、セラは茶道やってたのか」

コウがストレートにたずねると、セラはえへへと笑った。

「やってたわけじゃないよ。ただ、家にお師匠さんたちが来てお稽古してたから」

「え？」

シダが声を上げる。

「あの、お師匠さん『たち』って」

「いろんな人が来てたから。茶道、華道、書道、着付け、お琴——あ、俳句や短歌の人もいたよ」

「なんだそれ」

お師匠さんアベンジャーズじゃん。俺がそう言うと、セラは「ほらうち、広い畳の部屋があるから」と笑う。

「あ」

そういえば、セラの家は空手の道場だった。


「道場ってさ、空手の教室がないときはずっと空いてるんだよ。しかも教室って土日がメインで、平日は子供の部しかなかったりするし」

そこでセラの親は、広い道場を貸し出すことにした。すると和風の習い事の教室から、続々と申し込みがあったのだという。

「今まで市民ホールの和室しか場所がなかったんです、っていうお師匠さんたちに喜ばれたみたいでね、私が中学生の時には平日が全部何かのお教室で埋まってたよ」

「え。じゃあそれ全部習ったんですか？」

ミムラの質問に、セラは「まさか」と首を横に振った。

「逆に全部習わなかったよ。お月謝払ってるわけじゃないしね。ただ、茶道だけはお菓子が余った時に呼んでくれたから」

「菓子目当てかーい」

いっそ清々しいな。タキタが笑う。

「……でも、お作法が綺麗な型でした」

シダが、初めてセラを褒めた。するとセラは「ありがとう。見よう見まねなんだけどね」と恥ずかしそうに頭を掻く。そしてふと思い出したように言った。

「そういえば、シダは型が好きなんだね」

「はい？」

「台湾のお茶も流れっていうか、お作法が一つの型になってたでしょ。茶道もそうだし、着物もそう。手順の多い服が好きなのは、一つ一つ整えて形にしていく流れが好きなのかなって」

それを聞いて、俺はすごく納得した。確かに、シダの中心には「型」があるっぽい。そこから外れると不快、みたいなかっちりした何かが。

「あ、だからモーニングルーティンも――」

ジンノが思い出したように言うと、シダはバツの悪そうな表情で視線を彷徨わせる。

「そう、かもしれないですね……」

そんなシダに対して、セラは「もしかして、不安だったりする？」とたずねた。

「え？」

不安？　なんでそんな話になるんだ？　そう思っていると、シダが激しく反応した。

「なんですかそれ？　意味がわからないんですけど！」

これはたぶん、当たってるんだろう。人は指摘されたくないことを言われると怒り出すものだ。

「私は、手順をきっちりとするのが好きなだけです。正しい行動は、正しい結果に結びつきますから」

そんなシダを見て、セラは「うん」とうなずく。そしていきなり、足を肩幅に開くと腰をすっと落とした。

「え？」

一体何を。そう言いかけたところで、それが空手のポーズだとわかる。片腕の脇を締め、もう片方を前に伸ばし、腰を落として構える。それだけで急にセラの背筋がぴんと伸びて、体の中心に芯が通ったみたいに見える。いつものぐにゃぐにゃな印象のセラとは別人みたいだ。

「これは、空手の型の一つ。これをやると、わかることがあるんだ」

言いながら、腹式呼吸で息を吐く。

「シダ。何度も練習して身についた型はね、型をなぞるだけで落ち着く効果があるんだよ」

「――知ってます」

「上手じゃなくていい。でも『いつもの』手順を踏めば、『いつもの』自分がわかる。そこからずれてしまうときは調子が悪いんだなってわかるし、ぴしっと決まったら調子がいい。これはどんなお稽古ごとでも同じ。

型は、自分の軸を作りやすくするためのものなんだよ」

セラはゆっくりと腕を下ろすと、また背筋をぐにゃりと丸めた。

「でもね、シダは逆に型に捉われてるみたいに見える。型に従ってれば安心、みたいな感じで」

「そんなこと――」

ないです。シダは揺らいだ表情を浮かべながらも、言い返す。

「そうかな？　だって身につけた型は自分だけのものだよ。だからそこから他人がはみ出しても関係ないし、そもそも気にならないはずだけど」

わかるようなわからないような。どこか禅問答めいてきた会話に、コウが「ああ、わかった」と切り込む。

「型っていうのは、昔のマニュアルでありテンプレートみたいなものか」

「うん、そんな感じ」

セラの返事にコウはうなずく。そして一年生たちに向かって言った。

「俺は人づき合いが下手で、空気を読むことが苦手だ」

「あ――はい」

なぜかジンノがうなずく。

「だから間違いたくないときは、マニュアルに従って会話をすることがある。でも人間相手だし、そこからはみ出るイレギュラーな会話は必ずある。ただ、セラの言うようにマニュアルという軸があるからこそ、それがイレギュラーだとわかるんだ。マニュアルがなければ、俺にはそれがイレギュラーかどうかの判断がつかない。だから型っていうのは基本軸であり、検知器みたいなものだと理解した」

「コウ、つまり何が言いたいわけ」

俺が聞くと、コウは答えた。

「検知器は、善悪の判断をしない」

「え？」

「型が自分の中にある検知器だとしたら、他人が型を正確にこなしていてもそれが『正しい』かどうかはわからないだろう。そして逆に型通りできない、あるいはしないからといってそれが『正しくない』とも言えないはずだ」

「ああ――」

解説してもらって、ようやくわかった。確かにシダは、型通りにできない相手を下に見ていたようなところがある。

「つまりシダは、『型を行うこと』自体を判断基準にしているってことか」

「セラは、そう言いたかったんじゃないのか」

「うん、そんな感じ」

セラがうなずくと、シダは口をつぐんだ。なんともいえない沈黙。もしかしたら、泣いてしまうのかもしれない。それとも帰ってしまうとか？

（先輩として、ここはどうすべきなんだろう）

糾弾したいわけじゃない。でもなんだか雰囲気が。

するとコウの隣にいたタキタが「でもさ」と口を開く。

「なんていうかその――不安だったらまず型から入って安心したいって気持ちはわかるよ」

「え?」

シダとミムラとジンノが、揃ってタキタを見る。

「いやだってオタクってさ、推しの真似するところから入る人もいるし。それで『心に同じ型』っぽいものを持ってる相手と巡り会えたらすごい嬉しいし」

俺はそれを聞いて、サノイのことを思い出す。タキタと似ていたけど、型が少しだけ違ってすれ違ってしまった彼女。

「安心できるルーティンがあるのは、私は悪いことだとは思わないよ。セラも、それを他人に当てはめるなって言ってるだけだし」

「――はい……」

シダの表情が、すこしずつ緩んでいく。

「だからまあ、ゆっくり擦り合わせていけばいいんじゃないかな。かっちりが好きでもそれはそれで個性だし」

どうかな? そんなタキタの言葉に、シダはこくりとうなずく。

なんだよ、みんなすっごく「先輩」してるじゃないか。

というわけで、俺も精一杯の先輩らしさを発揮するべく当初の予定だった地下へと向かう。目指すは、『春のクッキー・ビスケットフェア』だ。

*

「わ、素敵。かわいい！」

そこに着いた途端、セラが声を上げる。

目の前に広がるのは、大量のお菓子の箱で作られたジオラマ。スーパーで売っている菓子のフェアとはいえ、モール内なので派手なイベント仕様の飾り付けがされていたのだ。

「マリーの箱が東京タワーになってるよ！」

綺麗に積み上げられた赤い箱。ミムラとシダがスマホでそのディスプレイを撮りまくる。ちなみにタワーの周りの街並みは同じ森永の商品であるチョイスやムーンライトで作られていて、それもまた可愛い。

下の方には解説の書いてあるポップがあったのだが、それを読んで俺は驚いた。

「『愛されて百周年！』だって」

「えー？」「マジで？」と言いながらみんなが集まってきた。

詳細を読むと、マリービスケットは一九二三年、年号で言うと大正十二年からあったらしい。

そして名前の「マリー」はフランスのマリー・アントワネットからとったもので、ビスケットの柄はマリー・アントワネットの家紋をイメージしたものだそうだ。

どうでもいいけど、家紋って外国にもあったんだな。

（アントワネットの家紋を食べるなんて）

ベルサイユもびっくりだ。

「森永ってすごく歴史のある会社なんですね」

ジンノがその解説を覗き込んで言った。

「見て、最初のお菓子を作ったのは明治三十二年だって」

シダが下の方を指差す。

「西暦だと一八九九年――って百年越えてますね」

ミムラが感心したようにうなずく。面白そうだったのでスマホで調べてみると、オカルトマニア的にも嬉しい情報がざくざく出てくる。

いわく、長方形のチョイスは太平洋戦争が終結した後、ＯＳＳという米軍家族軍属用売店のために依頼を受けて作っていた。そしてその契約終了後、国内向けに販売を開始したとか。

（しかも、戦後最初にビスケット製造の依頼をしてきたのはアメリカの赤十字社――）

栄養のある携帯食という位置づけだったんだろうか。なんかこのあたりの話だけで、歴史ミステリードラマが一本できそうな勢いだ。

（しかも初代社長はクリスチャン！）

これを知った瞬間、俺には幼児用ビスケットの名前の由来がわかってしまった。

マンナ。知らなければ、ただ「ママ」とか「まんま」とかの幼児語だと思っただろう。けれどキリスト教を踏まえて考えればこれは「マナ」だ。未だその正解が謎なままの、神がもたらした食物。

（歴史オカルトミステリー、来たー！）

一人、脳内で盛り上がっていると、ジンノがマリーの箱を一つ手に取る。

「あの。これを買ってフードコートでお茶にしませんか」

「いいけど、マリーだけでいいの？」

セラがたずねると、ジンノは「はい」と答えた。

「むしろ、マリーだけの方がいいです。他の商品は、コーヒーに合うものが多いので」

「そうなのか」

コウがつぶやくと、ジンノはうなずく。

「マリーは油分も少ない上に、焼いた香ばしさが強く残っているので紅茶によく合うんです」

なのでぜひ。ジンノの強い勧めもあって、俺たちはフードコートに移動した。

適当なファストフードの店で紅茶を買って、俺たちは大きなテーブルを囲む。そこでいきなりジンノの紅茶愛が火を噴いた。

「そもそも大前提として、こういうときに牛乳が選べないことが問題なんですよ」

そう言って、小さなポーションの商品名を俺たちに見せる。

「名前、読んでみてください」

「――コーヒーフレッシュ……」

「明らかにコーヒー用のものじゃないですか。しかも中身は油脂と乳化剤とかで、コーヒーだって特に美味しくもなりません。なんでこんなものが紅茶の時に『ミルク』といって出てくるのか、俺には理解できませんね」

「それは――そうだね」

気圧されたようにシダがうなずく。

「そもそも、『喫茶店』を名乗るコーヒー屋が許せないんですよ。スタバだって『スターバックスコーヒー』だし、こだわりのコーヒー店だって同じです。これらは全部『茶』は喫しない。あってもおまけ扱いだ。それのどこが喫『茶』店ですか」

ジンノの勢いに押される中、ミムラが「わかる！」と声を上げた。

「コーヒー店が扱うのは豆であって葉じゃないんですよ。なのに『お茶しない？』はおかしいですよね？　だから私、そういうときは正すようにしてるんです。それは『コーヒー飲まない？』でしょ？　って」

おいおい、こっちにもすごい地雷原があったぞ。今まで踏まなかったのが奇跡なくらいだ。

「あとですね、コーヒー店にありがちな『こだわりのチーズケーキ』もむかつきます。なんでどこもかしこもチーズケーキ一択なんですかね。作るのが楽で、扱いが簡単なだけのケーキを置くなら、ドーナツの方がはるかにコーヒーに合うと私は思うんですけど！」

お茶派、大爆発。これはシダにとっても予想外だったようで、びっくりした表情でミムラを見ている。

「あ、じゃあもしかして」

そんなミムラを見て、タキタが声を上げた。

「そもそも喫茶部の中にコーヒー部があるの自体、納得いかないんじゃないの」

するとミムラは激しくうなずく。

「三年の先輩方が真面目でいい人たちなのはよくわかってます。だから表立って言いませんでしたけど、正直納得してません。カフェ巡り部は、たまに紅茶のあるお店も取り上げてるみたいですけど、カフェの語源ってフランス語でコーヒーの意味ですから」

ここまで聞いて、俺はようやく彼らがこっちに来た理由を理解した。

「——だから、おやつ部の方に来てたのか……」

「はい。おやつ部はジュースしか飲んでなかったので。まだ許せたっていうか、マシでした」

ミムラにきっぱりと言われて、全員が「うわあ」な表情になる。まじか。

そんな嵐が吹き荒れる中、ジンノはミムラの意見にうなずきながらテーブルの上にマリーの箱を淡々と並べる。

「二人とも、こだわりに満ちてるな」

こだわり満載のコウが嬉しそうに言うと、ジンノとミムラははっとしたように動きを止める。

「すいません。さっきの話聞いてたら、俺も個性出していいのかなって」

「私は、日頃の納得いかないことがつい出てしまって――」

「いいに決まってる。面白いよ」

俺が言うと、他のみんなも笑顔でうなずいた。するとジンノはほっとした表情で、作業を続けた。

「というわけで今日は、俺がさっきスーパーで一緒に買ってきた牛乳を使います」

レモンティーが飲みたい場合は、そのままポーションのレモンでどうぞ。砂糖はお好みで。

そう言いながら、皆に小さいパックの牛乳を回した。

「あ、じゃあお先に」

一番近い場所にいたタキタがパックを手に取ると、セラが「ほら、できてる」と言った。

「え？」

「茶道のときの『お先に』と一緒だよ」

「あ、ホントだ」

したらもう、茶道も制したってこと？　タキタが笑いながら牛乳を回す。

そしてそれぞれが好みの量を注ぎ終わったところで、マリーを開けた。個包装を開けると、確かに香ばしい匂いがする。

「ではどうぞ」

「マリー食べるの、それこそ百年ぶりくらいだな」

俺の言葉にコウが「タイムトラベラーかよ」と突っ込む。

「いや、これはオタク特有の誇大表現だから」

要するに、食べるのは超久しぶりってことだ。ていうか、最後に食べたのはいつだろう。小学校の低学年とかだろうか。

薄いビスケットを鼻先に近づけると、「焼きました!」って匂いがする。食べるとさくさく。口の中がじわりと熱くなるのは、水分を奪われるからだろうか。甘さは控えめで、どこか懐かしい味。

そしてそこに、ミルクたっぷりの紅茶をひとくち飲むと。

「——あー、なんか和む」

ミムラがほうっとため息をついた。

「わかる。なんか落ち着く」

シダもカップを抱えたまま微笑む。

「それになんか食べ飽きないよね」

二枚目に手を伸ばしたセラが、ビスケットをしげしげと見る。

「さすが百年続く味」

コウの意見にジンノが嬉しそうにうなずいた。

「そういえばマリーは、紅茶だけじゃなく台湾茶にも最高に合いますよ」

「そうなの?」

シダとミムラが口を揃えて言う。

「ほら、どっちも同じ葉っぱだし、発酵茶だから」

「ああ、確かに」

二人がうなずく向かいで、セラが「え？」と目を丸くした。

「同じ葉っぱ――？　え？　だって色も違うし、葉っぱの形も違くない？」

「セラ、そこは私も知ってたよ」

タキタが「ちなみに日本茶も抹茶も元は同じ葉っぱだから」と教えると、セラは「えええ」と驚きまくる。

「まじで？　え、味、ぜんぶ違くない？」

「だからさ。発酵の度合いによって味も色も変わるわけよ。日本茶は不発酵で、紅茶はどっちだっけ、ジンノ」

「発酵です。中国茶が半発酵で」

「え？　発酵？　それってぬか漬けとかヨーグルトと同じやつ？」

それを聞いたシダが、こらえきれないように笑い声を上げる。

「セラ先輩、あんなに茶道に詳しかったのに」

「あれは、ただお菓子食べたさに真似ただけだからねえ」

セラがしみじみと言うと、全員がどっと笑った。

笑ったら喉が渇いて、ミルクティーが進む。ミルクティーが進むと、またマリーが食べたくなる。永久機関か。

俺はもう一袋欲しくなって、箱の近くにいるセラに声をかけた。

「マリー、こっちにくれないか」

「えー、あと一袋なんだけど」

私も食べたいなあ。そうつぶやくセラに、俺は頭を下げる。

「じゃあ半分ずつってことで頼む。プリーズ！」

そんな俺を見て、タキタが何かを思いついたように「ほほう」と嫌な笑みを浮かべた。

「なんだよ」

「どうしてもマリーを分けていただきたくば、今の一文を英語で言ってみたまえ」

「はあ？」

「マリーを私に。プリーズ。セイ！」

意味がわからない。けど、マリーは欲しかったので俺は素直に単語を連ねる。

「マリー、ミー。プリーズ」

口にしてから、気づいた。

タキタがにやにや笑いながらこっちを見ている。これはあれか。バレンタインのときの仕返しか。

コウは我関せずとばかりに紅茶を飲み、一年生は全員ことの成り行きを興味津々で見守っている。

そしてセラは今ようやくそのフレーズが脳に届いたみたいで、真っ赤になって表情ががちんとこわばる。

（え）

もしかしてキモいと思われた？　俺が混乱していると、セラがものすごい勢いで個包装の袋を開け――。

そこに手刀を振り下ろした。

マリー、爆散。

「あ、ごめん。二つに割ろうと思って――」

ほぼ粉状のマリーをかき集め俺に「どうぞ」と差し出す。いやこれどうやって食えと。

「セラ、そもそも個包装は三枚入りだぞ」

冷静なコウの言葉に、セラはぶんぶんとうなずく。

「そうだった。ごめん、アラタ。残りの一枚をね、どうしようかなって。ていうか、その――」

初期のロボットみたいな動きで顔を上げ、セラは俺を見た。ええと、この表情はたぶん、キモいとは思ってない、はず。

「気にしなくていいよ」

俺が言うと、ほっとしたように笑う。と同時に、残りの全員が爆笑した。

「いやマリーにチョップって」

「テーブル割れるかと思いましたよ」

「粉のマリー、絶対食べてくださいね。アラタ先輩」

口々に言われて、俺は力なくうなずく。わかったよ。


マリー、ミー。プリーズ。

百年の愛を、次の誰かに。

あとがき

このお話は、コロナの感染率が高く誰かと食べ物をシェアするのが難しい頃に書き始めました。日常の中にたくさんの予防措置があり、それを守りながら暮らすことは必要とわかっていても息苦しく、その反動のせいか「とにかく楽しいお話が書きたい」となったときに出てきたのがおやつ部の仲間たちです。

誰かとおしゃべりをしながらだらだらとお菓子を食べる。そんな他愛もない楽しさ。でもそれがかなわない状況はコロナ下だけではなくいまだ存在します。病気や戦争や災害といったどうしようもないこともあれば、職業柄、あるいは家庭の事情で難しい場合もあるでしょう。でもいつか、その楽しさを分け合えるようになりますように。そう思いながら、おやつ部のみんなを書きました。

ちなみに実在のお菓子にここまで焦点を当てて書いたのは、叶うことなら同じお菓子を一緒に食べることができたらと思ったからです。期間限定や地域限定をのぞけば、多くのお菓子がお近くのスーパーやコンビニで手に入るものばかりなので、もしよければおやつ部と一緒にだらだら読みながら食べていただけると嬉しいです。

最後に、左記の方々に心からの感謝を捧げます。連載時、逐一感想を聞かせてくれた山下さん。単行本担当の清水さんは最後までご一緒できませんでしたが、素晴らしい伴走をしてくださいました。川田さん、斉藤さん、柘植さんの編集チームにもお世話になりました。装丁の石川絢士さんには今回も楽しいデザインをしていただいて嬉しいです。そしてこの本を作るために関わってくださった全ての方、販売や流通で関わってくださった方、私の家族と友人、そして今、このページを読んでくださっているあなたに。

あなたとあなたの周りの方たちが、楽しいおやつタイムを過ごすことができますように。

ロッテの生チョコパイで指をべったべたにしながら

坂木司

初出誌「オール讀物」

「うまいダッツ」　二〇二一年二月号
「チロル・ア・リトル」　二〇二一年七月号
「バカみたいにウケない」　二〇二一年十一月号
「それは王朝の」　二〇二二年十一月号
「百年の愛」　二〇二三年七月号

坂木 司（さかき・つかさ）

一九六九年東京都生まれ。二〇〇二年『青空の卵』で〈覆面作家〉としてデビュー。同作に始まる「ひきこもり探偵」シリーズが人気を博す。一三年『和菓子のアン』で第二回静岡書店大賞・映像化したい文庫部門大賞。同シリーズは累計百万部を超えるヒットを記録。甘いものをテーマにした『ショートケーキ。』、エッセイ集『おやつが好き』なども好評を博している。その他、『ワーキング・ホリデー』などの「ホリデー」シリーズ、「ホテルジューシー」シリーズなど、多数のシリーズ、著書がある。

うまいダッツ

二〇二四年三月十日　第一刷発行

著　者　坂木 司（さかき つかさ）
発行者　花田朋子
発行所　株式会社 文藝春秋
〒一〇二―八〇〇八
東京都千代田区紀尾井町三―二三
電話　〇三―三二六五―一二一一
印刷所　精興社
製本所　大口製本
組　版　萩原印刷

万一、落丁・乱丁の場合は送料当方負担でお取替えいたします。小社製作部宛、お送り下さい。定価はカバーに表示してあります。

ISBN978-4-16-391813-6